读 悦

周 凌丨著

中国文联出版社

图书在版编目（CIP）数据

读悦／周凌著．--北京：中国文联出版社，
2021.1（2023.1重印）
ISBN 978-7-5190-4520-3

Ⅰ.①读… Ⅱ.①周… Ⅲ.①中国文学—当代文学—
作品综合集 Ⅳ.①I217.2

中国版本图书馆 CIP 数据核字（2021）第 009207 号

著　　者　周　凌
责任编辑　卞正兰
责任校对　赵海霞
装帧设计　中联华文

出版发行　中国文联出版社有限公司
地　　址　北京市朝阳区农展馆南里 10 号　　邮编　100125
电　　话　010-85923025（发行部）　　85923091（总编室）
经　　销　全国新华书店等
印　　刷　三河市华东印刷有限公司

开　　本　880 毫米×1230 毫米　　1/32
印　　张　11.375
字　　数　245 千字
版　　次　2023 年 1 月第 1 版第 2 次印刷
定　　价　79.00 元

等待灵魂

周凌

许多时候生命像是一场比赛，大家常对自己说："快一些，再快一些。"

这么急匆匆地走，那么快，有时竟超过了自己的灵魂。灵魂跟不上身体，只能徒劳地往前看，前面自己的面庞和脚步一片模糊，闪着空幻陌生的光。

古印第安人觉得身体走得太快了，会停下来，耐心地等灵魂前来会合。有时三天等一次，有时七天等一次。在等待的缝隙中，他们安静地坐着，制作弓箭，看日出。

我也会停下来。清晨第一声鸟鸣的时候，我起来读书，写字，浇一下花，喂五条鱼。夜里我等月亮攀至头顶，圆润如白玉之盘，高悬夜幕，然后开始在和中广场行走。路灯十点之后全熄了，广场暗下来，四周树影绰绰，月色温柔，甘棠湖莲池里有蛙鸣，潺潺的水声，不知是什么虫子叫，一声，又一声。这个时候，我看见自己的灵魂微笑着赶了上来。我们一起慢慢地走，一圈，两圈，三圈。

目录

雅韵

雅韵（上） ································· 2

西北有高楼 ····························· 2

冉冉孤生竹 ····························· 3

庭中有奇树 ····························· 4

迢迢牵牛星 ····························· 5

读王昌龄诗（一）···················· 6

读王昌龄诗（二）···················· 7

读鲁迅散文 ···························· 8

读孟郊诗 ······························ 9

读孟浩然诗（一）···················· 10

读孟浩然诗（二）···················· 11

读孟浩然诗（三）···················· 12

读王维诗（一）······················ 13

读王维诗（二）······················ 14

读陶潜诗（一）······················ 15

读陶潜诗（二）······················ 16

读陶潜诗（三）……………………………………18

读陶潜诗（四）……………………………………19

读李白诗（一）……………………………………20

读李白诗（二）……………………………………21

读李白诗（三）……………………………………22

读李白诗（四）……………………………………23

读苏舜钦诗…………………………………………24

读陈子昂诗…………………………………………25

读曹操诗（一）……………………………………26

读曹操诗（二）……………………………………27

读苏轼诗（一）……………………………………28

读苏轼诗（二）……………………………………29

读苏轼诗（三）……………………………………30

读苏轼诗（四）……………………………………31

读苏轼文……………………………………………32

读苏轼词……………………………………………33

读文天祥诗…………………………………………35

读陆游诗……………………………………………36

读黄庭坚诗（一）…………………………………37

读黄庭坚诗（二）…………………………………38

读岑参诗……………………………………………39

读晏殊词……………………………………………40

读陶弘景文…………………………………………41

读刘长卿诗 …………………………………………………… 43

读杜甫诗（一） …………………………………………… 44

读杜甫诗（二） …………………………………………… 45

读温庭筠词 …………………………………………………… 46

读白居易诗 …………………………………………………… 47

龙开河上的九龙街 ………………………………………… 48

思乡曲 ………………………………………………………… 49

回首 …………………………………………………………… 50

南湖红船 ……………………………………………………… 51

牛 ……………………………………………………………… 52

庄严 …………………………………………………………… 53

思念是一种很玄的东西 …………………………………… 54

听钟 …………………………………………………………… 55

陶园竹穿 ……………………………………………………… 56

故乡的月 ……………………………………………………… 57

富春山居图一分为二 ……………………………………… 58

老树 …………………………………………………………… 59

这一刻 ………………………………………………………… 60

格桑花开 ……………………………………………………… 61

旅程 …………………………………………………………… 62

莲记 …………………………………………………………… 64

老了 …………………………………………………………… 66

碎月光 ………………………………………………………… 67

我对清风怀着无可救药的眷恋⋯⋯⋯⋯⋯⋯⋯⋯ 68

花香⋯⋯⋯⋯⋯⋯⋯⋯⋯⋯⋯⋯⋯⋯⋯⋯⋯⋯⋯ 69

天花井的春天⋯⋯⋯⋯⋯⋯⋯⋯⋯⋯⋯⋯⋯⋯⋯ 70

百瀑泉⋯⋯⋯⋯⋯⋯⋯⋯⋯⋯⋯⋯⋯⋯⋯⋯⋯⋯ 71

当年明月⋯⋯⋯⋯⋯⋯⋯⋯⋯⋯⋯⋯⋯⋯⋯⋯⋯ 72

感到⋯⋯⋯⋯⋯⋯⋯⋯⋯⋯⋯⋯⋯⋯⋯⋯⋯⋯⋯ 73

我要⋯⋯⋯⋯⋯⋯⋯⋯⋯⋯⋯⋯⋯⋯⋯⋯⋯⋯⋯ 74

冬晨⋯⋯⋯⋯⋯⋯⋯⋯⋯⋯⋯⋯⋯⋯⋯⋯⋯⋯⋯ 75

农民⋯⋯⋯⋯⋯⋯⋯⋯⋯⋯⋯⋯⋯⋯⋯⋯⋯⋯⋯ 76

莫问⋯⋯⋯⋯⋯⋯⋯⋯⋯⋯⋯⋯⋯⋯⋯⋯⋯⋯⋯ 77

过去⋯⋯⋯⋯⋯⋯⋯⋯⋯⋯⋯⋯⋯⋯⋯⋯⋯⋯⋯ 78

异乡的憧憬⋯⋯⋯⋯⋯⋯⋯⋯⋯⋯⋯⋯⋯⋯⋯⋯ 79

遇见⋯⋯⋯⋯⋯⋯⋯⋯⋯⋯⋯⋯⋯⋯⋯⋯⋯⋯⋯ 80

都市云烟⋯⋯⋯⋯⋯⋯⋯⋯⋯⋯⋯⋯⋯⋯⋯⋯⋯ 81

同文樟苑⋯⋯⋯⋯⋯⋯⋯⋯⋯⋯⋯⋯⋯⋯⋯⋯⋯ 82

梧桐树的抚琴声⋯⋯⋯⋯⋯⋯⋯⋯⋯⋯⋯⋯⋯⋯ 83

心动⋯⋯⋯⋯⋯⋯⋯⋯⋯⋯⋯⋯⋯⋯⋯⋯⋯⋯⋯ 84

观《滚滚红尘》⋯⋯⋯⋯⋯⋯⋯⋯⋯⋯⋯⋯⋯⋯ 85

记忆⋯⋯⋯⋯⋯⋯⋯⋯⋯⋯⋯⋯⋯⋯⋯⋯⋯⋯⋯ 86

飞⋯⋯⋯⋯⋯⋯⋯⋯⋯⋯⋯⋯⋯⋯⋯⋯⋯⋯⋯⋯ 87

一幕⋯⋯⋯⋯⋯⋯⋯⋯⋯⋯⋯⋯⋯⋯⋯⋯⋯⋯⋯ 88

风⋯⋯⋯⋯⋯⋯⋯⋯⋯⋯⋯⋯⋯⋯⋯⋯⋯⋯⋯⋯ 90

我仍要⋯⋯⋯⋯⋯⋯⋯⋯⋯⋯⋯⋯⋯⋯⋯⋯⋯⋯ 91

阴影 舞蹈…………………………………… 93

夕阳………………………………………… 94

这一刻……………………………………… 95

夜雾·渔父………………………………… 96

天花宫……………………………………… 97

诗与酒……………………………………… 98

看云………………………………………… 99

心情………………………………………… 100

老兵………………………………………… 101

呼唤………………………………………… 102

湖边的早晨………………………………… 104

后会有期…………………………………… 105

不如回隆中………………………………… 106

岳母祠遇隐者或鬼………………………… 108

逍遥游……………………………………… 109

那只梦蝶…………………………………… 110

我向往……………………………………… 111

梦见匡庐…………………………………… 112

小满………………………………………… 113

送春………………………………………… 114

逢观音桥溪中巨石………………………… 115

陶园见曹晓题字…………………………… 116

识也不识…………………………………… 117

春歌 …………………………………………………… 118

栖贤石刻：记忆之一方 …………………………………… 119

生命 …………………………………………………… 121

远方 …………………………………………………… 122

雨来 …………………………………………………… 123

想 ……………………………………………………… 124

山水 …………………………………………………… 125

安眠 …………………………………………………… 126

那时 …………………………………………………… 127

绿 ……………………………………………………… 128

莲 ……………………………………………………… 129

故乡 …………………………………………………… 130

思念 …………………………………………………… 131

金冬心抄佛经 …………………………………………… 132

心事 …………………………………………………… 133

小吃 …………………………………………………… 134

随感 …………………………………………………… 135

愿望 …………………………………………………… 136

夜听《梁祝》 …………………………………………… 137

雅韵（下）………………………………………………**138**

夏晨入馆 ………………………………………………… 138

八月十四晚风至 ………………………………………… 138

游湖 …………………………………………………… 138

观姚杰先生画荷歌…………………………………… 138

观梅…………………………………………………… 139

记青花缠枝牡丹纹罐………………………………… 139

题万杉寺……………………………………………… 139

妙趣…………………………………………………… 140

抒怀…………………………………………………… 140

元旦…………………………………………………… 140

过南湖………………………………………………… 141

英灵…………………………………………………… 141

夜游…………………………………………………… 141

归来…………………………………………………… 141

感怀…………………………………………………… 141

努尔哈赤陵园………………………………………… 141

登高…………………………………………………… 142

小景…………………………………………………… 142

明日奥氏访日………………………………………… 142

有感…………………………………………………… 142

山行…………………………………………………… 143

禅宗…………………………………………………… 143

江边行………………………………………………… 143

游康王谷……………………………………………… 143

夜观戏………………………………………………… 143

秋登…………………………………………………… 144

晨读赵州师………………………………………………144

石门涧上亭………………………………………………144

雨日访栖贤院……………………………………………144

饮茶定慧寺………………………………………………145

临万杉寺外古石刻………………………………………145

法国医院遗址……………………………………………145

别曲………………………………………………………146

渔村观鸟…………………………………………………146

夜读东坡离黄州之汝州…………………………………146

闻陶潜抚无弦琴有思……………………………………146

千年梅语…………………………………………………147

题莲花洞报恩观…………………………………………147

春醉………………………………………………………147

游庐山……………………………………………………147

静意………………………………………………………148

呈诸友拜年………………………………………………148

初四乡居后院望春雨……………………………………148

山水小品亦可人…………………………………………148

花源谷……………………………………………………148

乡外………………………………………………………149

春在枝头…………………………………………………149

日暮苍山图………………………………………………149

夜茶………………………………………………………149

雨日 ……………………………………………… 150

同文学生宿舍边见花墙 ……………………… 150

晨赴同文书院中道逢雨 ……………………… 150

樱树 ……………………………………………… 150

八声甘州 ……………………………………… 151

朝中措 ………………………………………… 151

点绛唇 ………………………………………… 151

洞仙歌 ………………………………………… 152

临江仙·张玄墓志 …………………………… 152

临江仙（一） ………………………………… 152

临江仙（二） ………………………………… 152

满庭芳·七夕 ………………………………… 153

木兰花·十九日晚车过南湖秋雨盛 ………… 153

南乡子·叶落 ………………………………… 153

水调歌头·过徽州古城 ……………………… 153

水调歌头·赠宇霄 …………………………… 154

西江月·观音桥外栖贤寺 …………………… 154

虞美人·雨疾 ………………………………… 154

虞美人·赋紫株 ……………………………… 155

蓦山溪·胜利塔前观湖 ……………………… 155

满庭芳 ………………………………………… 155

丑奴儿 ………………………………………… 156

百字令 ………………………………………… 156

小令 ···················· 156

浪淘沙 ···················· 156

如梦令 ···················· 157

采桑子 ···················· 157

行思

一景便是万千景 ···················· 159

白鹤观 ···················· 160

康王谷记 ···················· 161

有鹿回头 ···················· 162

橹断泉外 ···················· 163

野茶树 ···················· 164

康王谷的月 ···················· 165

柴窑 ···················· 166

方竹寺的樱花 ···················· 167

观寺 ···················· 169

山庄 ···················· 170

走进陶园 ···················· 171

门前有棵大樟树 ···················· 173

九峰寺 ···················· 175

隐 ···················· 177

骑谒苏公祠 ···················· 178

龙泉精舍 ···················· 180

奇美康王谷 …………………………………… 182

千古慧远 …………………………………… 185

山脚半日 …………………………………… 188

石门涧 …………………………………… 189

海博一幕 …………………………………… 191

蛤蟆街上寻水煮 …………………………………… 192

第六泉 …………………………………… 194

杂感

狗 …………………………………… 196

排练 …………………………………… 197

驶进心灵深处的那条红船 …………………………………… 199

揭辉明师傅二三事 …………………………………… 200

爱好 …………………………………… 203

静意 …………………………………… 204

独特 …………………………………… 205

绝美的诱惑 …………………………………… 207

偷喝汽水 …………………………………… 210

异人 …………………………………… 212

点滴 …………………………………… 214

酒道人 …………………………………… 216

静 …………………………………… 217

情感的力量 …………………………………… 219

讲故事的高手 …………………………………… 221

吃 ………………………………………………… 223

回忆 ……………………………………………… 225

茶赋 ……………………………………………… 227

人生态度 ………………………………………… 228

我有铜钱草 ……………………………………… 232

读八大山人《双鹑菊石图》 …………………… 234

浸润在香气中 …………………………………… 236

不强求 …………………………………………… 238

不可太满 ………………………………………… 239

有态度 …………………………………………… 240

谁的江湖 ………………………………………… 242

张望在望什么 …………………………………… 243

生命的真谛 ……………………………………… 244

证明 ……………………………………………… 247

会面云水居 ……………………………………… 248

一曲《越人歌》 ………………………………… 250

大智 ……………………………………………… 253

转述 ……………………………………………… 254

闲过 ……………………………………………… 256

绝境过后是逍遥 ………………………………… 258

《庄子》与刘文典 ……………………………… 260

造化来雕 ………………………………………… 262

嫉妒 ……………………………………………… 263

老师的权力 ……………………………………… 264

教育的本质 ……………………………………… 265

浅论中国学生学习焦虑感之根源 ……………… 266

对学生个体尊重的浅思考 ……………………… 268

克里斯的木工课之思考 ………………………… 270

澳洲制作 ………………………………………… 272

大众教育首推学会生活 ………………………… 273

吉他声 …………………………………………… 275

民谣歌手 ………………………………………… 276

桥 ………………………………………………… 277

不可南辕北辙 …………………………………… 278

学习当然靠自己 ………………………………… 279

表达 ……………………………………………… 281

让你的孩子为别人做些什么 …………………… 284

论字 ……………………………………………… 286

灵光乍现 ………………………………………… 287

洗脚 ……………………………………………… 288

读书 ……………………………………………… 290

无境不存 ………………………………………… 291

阅朱清时量子力学稿 …………………………… 292

把大象放进冰箱 ………………………………… 294

老酒 ……………………………………………… 296

痛苦出诗人…………………………………………… 298

人生得一知己足矣………………………………… 300

从文墓前…………………………………………… 302

不素隐，莫行怪…………………………………… 303

徐行………………………………………………… 305

平常事亦是大境界………………………………… 306

这样的生意经可休矣……………………………… 308

法治意识和个人档案……………………………… 311

何来对与错………………………………………… 313

特朗普的眼界……………………………………… 315

退为进……………………………………………… 317

无问西东…………………………………………… 319

卡塔尔的危机……………………………………… 321

有伎俩……………………………………………… 323

我之萨德观………………………………………… 325

杂感五十五章……………………………………… 326

雅韵

雅韵（上）

西北有高楼

琴声落下来
我知道，忧伤将是今夜的主题
其实有没有琴声都无所谓了
忧伤已经在我的身体里哗哗下起来了

冉冉孤生竹

这一错过的，不只是流年
残阳掠过西山之时，一切都将结束
无可阻拦的坠落
暮云匆匆
夕光惨淡里的凋零青春
我还未真正地属于你
一切已老
我远眺孤垂之竹，新荑蕙兰
远眺它们的悲伤与不堪
远眺我曾经一季季热烈着的心情

庭中有奇树

一枝花的心意，该如何描述？
这样说吧，郎君，庭中的树比前一天更热烈了
一天比一天更热烈
远远望着
每一片叶子都是思绪
我在楼上看哭了自己
昨夜折下的这枝
还在我衣袖间孤独地香着的这枝
俨然是一面
照不出愁容的铜镜，这不是幻境
但比幻境更悲凉
而你，在此刻遥远的边地
清晨启窗，可看见眼前有白光一闪？
你要知道，这是我的思念
不远万里的跋涉

迢迢牵牛星

三百个清晨的鹊啼中
我反复温习那一刻的时光
回忆：鹊桥，郎君，还有
筐中吮着手指的娇儿
无所不能的天母，请赐示我：
要付出怎样的代价
才能平息你的魔咒？
我今生一切的幸福
都在与我划河而居
可望而不可即的笑语，炊烟，深宵的烛火
倚窗而观的惆怅，迷惘，深情的泪珠
如今我是一位不称职的织仙
织不出欢喜，柔情，吉祥，如意
每一寸的布里都是：
岁月的残片，撕裂的尖叫，都是流年
而流年，是一条永不回头的江河

读王昌龄诗（一）

看见树梢上跳跃的月影

照在茵茵绿草上的岁月履迹

看见盛夏的繁华

无数朵花的幽香在朦胧中

相互追逐

也看见溪水在山那边的抒情

孤云和微月伴着歌音缓缓而舞

看见这间茅亭

台阶上一圈圈青色的苔纹

看见安稳的睡眠

闭着的眼睛里藏着笑意

也看见日子在松树下一天天堆积

西山群鹤突然飞起

昌龄兄，看见了你的领地、生命、格调

看见了起伏的山林张开双臂的宽容的接纳

看见了五月的天地自足的神秘

这是我的羡慕，你的天赐、独享

你看，这么轻柔的风，夜晚的蜜

还有黑暗中的微光

读王昌龄诗（二）

那一刻谁许了你孤城外的勒功石？
青海河边布满浴血的足迹
那一刻乌云黯淡了雪山，在楼兰的羌笛中
奏响战角
我不是一个好战者，我只是
怀抱着坚定的心
去遥望故乡的曙光
我也不是一个得胜者呀
我只是在无数同胞残缺的身体上
用沉默搭起战争季的悲伤
我在渐渐暗下去的战场上行走
用目光把亡灵埋进记忆
我无声泣泪
心中响起安魂曲一遍遍地弹拨
我抱玉鞍而眠
梦里挂满了思妇的泪珠

读鲁迅散文

我学着用良心润湿毛笔
去写让正人君子
掩面而逃的文字

读孟郊诗

再归来时
时令不是
村外柳枝不是
身上穿着的新衣也不是
只有那一晨，只有那一件
记忆已申请了专利
母亲缝过的针脚，一针接着一针
男儿有志，当在四方
那时的我不平庸，也不见杰出
我只是母亲心头
最柔软的牵挂
母亲还站在坡上
一双慈目，像骈行的小马
互相比着目力的远度
它们借着风与光滑行
将牵挂从乡村挪到城市
挪到我足迹所过的每一寸土地

读孟浩然诗（一）

我必须这样

暮年有一生的通达，明白

忘干净了功名，过往

绿树，青山，田家

诗歌，菊花，酒

将照亮我生命的天宇

此时我凝神：昨日的希冀

热血，豪情，家国，君主……

但那一刻，只一刻，命运

转向了江湖：它赐予我一生

轻松，悠长，缓慢的自由

读孟浩然诗（二）

要去的北山是一个秘密
像冰箱里偷偷镇上的酒
你一边登临
一边让思念冷上
那么一小会儿
再看白云的时候
忧伤就特别地绵长
同样绵长的是雁阵
是夕阳，残秋，渡口的歌

读孟浩然诗（三）

今夜就去鹿门山

就这么决定了

那里有一条没有名字的路

一路的松涛

这就走

离开喧嚣的鱼梁渡口

离开这个世界

到山上去，岁月将在一片密林中

重新开始

然后有野花的味道、青草的味道、无数山的味道

月光将用乳样的颜色来滋养

你迫不及待的饥渴

到山上去

趁衣袂之间青春的气息还在飘散

赶快赶紧地

到山上去

三月山间的凉风

忽然吹响了身体里隐秘的长笛

像是一个信号

那一刻

你听到整座山都在向你呼喊

读王维诗（一）

在幽山的岁月里徜徉
我是时光最不可思议的
激情
我不发一言，等待
惊艳时刻的奏鸣。我是
自然深处最遥远的一声弦响
我是一阵
从未被俗世沾染的清风，单纯，温柔
凝结了一切为理想而奔波者的精气
我是生命被谋虐后仍存的一粒
未来的种子
在万年的时光中行走
我是这永恒青山的一面猎猎的旗帜

读王维诗（二）

最先是

无边无际的黄色的

流沙

然后是

欲坠未坠的金色的

落日

在落日余晖之上

缓缓飞过的

还有万里之外的蓬草

我在骏马之上

思考归来的雁阵

探寻它们斜掠过的那条

奔腾了无数个世纪的长河

然后才又惊异地发现

跃出河面的无数条飞鱼

我看见了振翅的飞鱼

与头顶的大雁有隐秘的交流

翅与翅之间风的融合

一层层欲言又止的前世今生

而此时候骑正在远处

看着惊呆了的我

读陶潜诗（一）

倦飞了何不就回来

挂冠的诗人，你将得到安宁

因为你的心深入江南

稻香的摇曳，智慧的光辉隐隐约约

那时幸福赐给了

清晨的露珠和月下的荷锄

度过一天，就永远经历了满足的日子

语言也在落翅的时候变得清澈

你说出南山和菊花，像在田里展开的无数饱满的稻粒

那些饱含着你的愿望

从泥土中成长起来的植物

燃起了金黄的诗的火焰

归来的诗人，如此寥廓的田园属于你

你必须赞美，这收获的岁月

你清醒的醉里有长吟漫啸

从喧哗到平静

把最好的句子留给未来

读陶潜诗（二）

寂寞妙绝了

它让隐者的岁月，不会

一潭死水，不会故弄玄虚

听完涧水的呓语，又去看土黄色的

荆榛

在泥地里学走路

洗濯完毕的脚

倍觉轻松，仿佛

听了一场高僧的讲演

新沥的酒味很冲

斟满野性

这时鸡在碗中闹腾

天快亮了

醉意从左边撤退

而残余的月光从右边

将斗屋照亮

你拿起案头的书

退回别人的世界

听听最精彩的

幸福与阴谋

而晨曦

这一刻正在远处的山坳里

一寸一寸地挣

读陶潜诗（三）

未归的羁鸟是伤心的
在乡下，一切都很欢喜
最欢喜的是黄昏时升起的袅袅炊烟
远方的池鱼是伤心的
在乡下，一切都很欢喜
最欢喜的是南山下悠然地一望
迷途的游子是伤心的
在乡下，一切都很欢喜
最欢喜的是突然亮起来的狗吠鸡鸣
在乡下，如果要离去一定是伤心的
其他都很欢喜，最欢喜的
是那么多叫都叫不全名字的
花草，和它们在风中轻轻地摇曳

读陶潜诗（四）

这之后的岁月

在我的身体中种下遗忘

也在田地里

种下未来——

你让满地的豆苗

染黄秋天、诗歌和菊瓣，将凌晨飒飒的风声

梳理得忘记了愁绪

我的吟哦，独奏的古琴曲，都被你吸收

还有沾满露水的小路，肩上的锄头

安静的灵魂，来自前世的胎记，笑容

它们也都是你的

在每一个夜与昼交替的依依不舍中

你覆盖我剩余的岁月

我数着篱前的花朵，一朵

一千朵，它们都不声不响

那么静，那么黄，那么不动声色

仿佛秘放的寓言

那么庄严和欢欣

读李白诗（一）

我一口就
饮尽了你那壶千年的酒
它忘忧的余香
就像你磊落的不屑
花花世界抵不过一夕捧杯
那么多那么多的不羁
瀑布一样泻下来
一直滑到
我的骨头里去了
从此我也要在水中探月
在花中寻觅容颜
在深山之巅长啸
我的手还要再硬朗些
因为要配那柄寒光的剑
也许它只是一件配饰
可是太白兄，我像迷恋春天那样
迷恋你的酒气呢

读李白诗（二）

岁月隐藏在

清醒之外，雾里看花

三百杯后的梦里

功名与利禄穿得整整齐齐

——告别

谁能丈量

酒香和花香的距离

高力士低头为你

脱过一次鞋

杨家那丫头，不说也罢

云想衣裳

花想容

最好的句子

都给她了

低吟

温暖不了一地的黄叶

岁月仍在樽中，重复着

千古不变的呓语

读李白诗（三）

第一针，缝进叮咛

冬日边关寒彻骨

第二针，缝满思念

何时共剪西窗烛芯？

第三针，缝入委屈

十年征战两茫茫

家门开哪边，君心还记得？

第四针，第五针，第六针

针针都是玉关情

七郎

今年冬天正盛，冷

但，还算好

战死的人，是连冷都不晓得的了

读李白诗（四）

对一个酒仙而言
尽兴很难
长安城的酒杯不够大
窗外的花不够热烈
满头的白发不够长
最近的诗不够劲儿
索性睡一觉
别吵我了，皇帝
你在小仙眼里
不够重要

读苏舜钦诗

这是可以虚度的时光

竹席清凉　树荫蔽地

帘外火红的榴花徒劳地要点燃正午

街上车水马龙　无数人正奔前程

而我已半醉　用一条河的姿态

醺醺入梦

遥闻梦外有流萤

一声轻啼

梦，更深了

读陈子昂诗

幽州台上
冷风一吹
就全忘记了
回首中的许多场面全忘记了
每来一次台上
寂寞就更深一分
因为除此无可容身
除此无所事事
多少次我迎风远眺
心里想真正的生活
不是这个样子
家国也不是这个样子
我哭
然后我再慢慢下台
像是从另一个世界
回到这个世界

读曹操诗（一）

为碣石之上者，擂鼓
醒来的沧海
前仆后继。天亮了
横流十月，而你之名威
顷刻崩云裂岸
坚船装满豪情，慨当以慷
壮志正成群结队，官渡
已然不远
将士们
唱起来我们的战歌
幸甚至哉，幸甚至哉
生于此之时代
我和汝等威名，已在
万里之外
再向天问路，向高山问更高
看天下英雄拱手
谁与我敌？

读曹操诗（二）

与谁归？或许这一生
我注定孤独
就像沧海，注定寂寞地横流
我知道
你们不会再来
江山只能
是血，是阴谋，背叛
是负尽天下
我知道，也许
你们还会再来，但那时，我已
永远朽去，在历史的光轮里
如磷火明灭
而大雪，必将覆盖一切
荣耀，文治，武功
天地一片茫茫，形若永在的阴郁
那时
请记住我今夜的感慨

读苏轼诗（一）

能把悲伤过滤成庆幸的人

此刻坐在岭南的树下

能让悲伤跳起舞来的人仿佛太阳

照亮了天空

我一直知道

世上有两道源头

清泉，与心泉

唯有它们

能涤净岁月的悲伤

唯有它们才受得住时光的捶击

而那些不朽的诗句

那些

伴着诗句的千年的酒香

正远远地

与泉水相应和

读苏轼诗（二）

我知道鲁直心疼我

抚平漏进的风荡起的我之衣袂

他问我异乡的风也刮得这么吓人吗

望着我满脸的风尘

他问我在异乡

生活也这般劳累吗

突然停箸，他眼圈都红了

问我异乡的饭菜也这么难吃吗

面对他絮絮叨叨的感慨

我微笑了一次又一次

鲁直，我的高足，我不能骗你说

我仍有一颗愤愤郁郁的心

也不好告诉你天涯都浪迹完后

我已没有忧愁

读苏轼诗（三）

霜风下的梧桐，遥远的背影
脸上的纹路
都在模仿酒的冰冷味道
窗外，有月光在模仿
寂寞
更远处，一群飘落的黄叶
相互挽留　在模仿
酒后的狼藉

读苏轼诗（四）

分明有一只鸟

翅膀扇着绿色的风

从记忆中掠过

这时禅院的钟声

也从树林中泻出来

有那么一会儿

这钟声

是我脸上浮现的微笑

豁然开朗，一片洞明

像记忆中的一幅草书

在心中，痛痛快快抹了好多笔

这一刻，我要大声喊出山的意义

无数隐居

凝成一段彻悟

用美酒和菊兰

护养了许久

那是放下后的

岁月静美

是一只鸟

翅膀扇起绿色的风

还是田园，是草屋

是我唇间的笑

读苏轼文

我知道，今夜的月色中有我

未看透的世外真谛

我知道我有无可逃避的痛

如今夜的月光在寺院飘落，荡漾了中庭

而半生的漂泊，幸而仍有藻荇的影子

诗意的相随。当头顶的松柏摇曳

谁在坚持倔强？在黄州的江水边

在东坡的寂寞的树林里

在每一个残缺的夜晚

谁仍在赞美头顶上的月亮与松柏？

谁能永远不朽

犹如雪地里飞鸿的足迹

承天寺的钟声沉沉响起

明月于群树之上一点点游移黯去

而岁月也必将离去。我选择站着

在僻壤，看月光

读苏轼词

你醒来，或者我睡去

我们便仍能对着轩窗

笑握你青丝一束

把岁月梳成静好的模样，但分明

别后的日子如夜风

低叹一声，十年就过去了

你说：还记得时间吗

该怎么回答

又怎么会忘记？

哪怕终有一天

时间会失去意义

阴阳会失去意义

并这皎洁的明月和高高的松冈

全都失去意义

谁在谁面前巧笑倩兮

谁骑着竹马过来

谁能与谁举案齐眉

谁寄一片冰心于玉壶

谁无语凝噎

谁唯有泪千行

但总还有这一世，一秋

且抓紧了时间
替你梳顺那一束青丝
在再也不见前
我们赶着彼此挥挥手
你回到你的梦中
我折返我的世界

读文天祥诗

心中绵延着一条史简铺就的忠贞之路

你迈向死亡　多么决然

你知道

破碎的河山种不下

一粒伟岸的气节

如果生命还想着未来

剩余的岁月就是凌迟

用膝盖，谄笑，甚至眼泪，羞耻

一刀刀地割

你会在血淋淋的良知碎片里

活着

然后看别人沾着鲜血

把宋一笔笔涂改成元

所以你直接跃身

跳上了锋利的寒光慑人的刀尖

你知道　唯有这样的结束

才能真正照亮

自己从书生到重臣　坚持了一辈子的

家国

读陆游诗

战袍在箱里旧了很多年
边关动荡如故
于是我一壶浊酒
浇白了鬓角
我不想告诉你我经常睡不着
我知道就算我说了
你也只是劝我换张软些的床——老了嘛，失眠，难免的
其实我还能舞枪呢
心也是热的
边关递回的战报常常看，只是不肯定
谁还愿意和我并肩
我想我若死了，除了眼前这个村子
都不会有太多人知道

读黄庭坚诗（一）

等待一个人的归来
其实，就是等待
一个人的老去
等到桂花开满了
其实是在等待与它们
在树下告别
等待你从未忘记的人
其实是在等待唱一首酒后的旧歌

读黄庭坚诗（二）

寒夜里总有一盏灯睡不着

雨是乱了节奏的钟

它是九百年前德州客栈的那一盏

也是十一年前南昌高墙里的那一盏

也是一千多年前姑苏水面渔船上的那一盏

如今它是一蓬远飞的量子

星空中最遥远的呼唤

而窗外院中的哀愁早已一片

最艳丽的桃李的哀愁

时光与命运的哀愁

春风的哀愁

今夜我在德州

我在孤独的最中心

正用灯光擦洗自己

读岑参诗

谁是将归的游子？
在边城，把寂寞告别
谁是冰冻的旗，注定永远迷误在寒冷里？
你走，远山，小径转过山头
异域的胡琴突然急促而厉
一声声，一声声
唱尽万里白雪的绵绵

读晏殊词

春天里有几只燕子，一层花雨
春天里有去岁的亭台，夕阳西下时
一个人的庭院
有暗香在斜径的足迹前飘荡
有浊酒，小桥静水万家灯火的哀愁
有二朵白玉兰，一阵风

读陶弘景文

山川的风云中有神秘的偈语
那辽远的清流，遗世的高峰
曾经是我的思考，寄托
现在它仍是我无法言尽的骄傲
我的一切求索和一切愿望
人生的逝川
最耀眼的时刻
迷茫与坚定，风中的烛光
拂晓的雾
一声声的猿啼，和鸟的乱鸣
当世界退到最遥远的山水中
我看尽一生绝美的行程
看尽了白云苍狗的叹息
总有一天
这么美这么美的风景即将不在
我的生命一去不返
今天我再一次看到凄美的夕阳
依依不舍的余晖
红鲤鱼一次次倔强地跃出水面
我知道
眼前的夕阳以及岁月中的

每一轮不忍离别的夕阳
都是抚慰，告示：人生和归宿
此刻，我将和它共隐世界的黑暗

读刘长卿诗

我画给你苍青的竹林
林中的小径，幽光，斑影
远处沉默的峰峦
白雾神秘的游移，躲闪
我也画给你
还有那画不出的一圈圈延伸开的钟声
老僧悠长的诵经
空气中的迷离，惘然
我画给你青山深处的风光：
给我以水墨，报之以桃源

读杜甫诗（一）

今夜的月色很好

可惜了这么好的月色

疾行的军阵像暴雨后的浊流

坚定，浩荡，凶狠，盲目

如果离战场再近些我就不光想到暴雨想到浊流

如果离战场越来越近我还会想到

纷纷的箭雨想到死亡想到箭雨正在织成一张死亡的网

把我笼得严严实实

接下来是撕裂、挤裂、穿裂、粉裂

这时一群黑雁叫了几声，往南边飞

它们从万里外带来亲人的叮咛

现在又要带去我死亡的消息

我现在只能想象万里外的故乡

思念的圆月越来越高越来越亮

然后炸裂然后黑暗降临然后哭泣升起

读杜甫诗（二）

江南真冷
找了一天
都没发现一朵开着的花
直到走进颓倾的寺院
看见了李龟年

读温庭筠词

望江楼上

等过了千帆

如果等不到你

这高楼，还能做什么

清晨铜镜前

我绾墨色的秀发为团团之髻

寂寞一笑

风起时，斜坐成一朵殷红的月季

看余晖燃遍翠水烟巾，葱绿软罗裙

逶迤的点梅蝉翼纱

读白居易诗

今夜，荻花开得如此圣洁
在风中，你我暂且遗忘别离
这一刻连忧伤都该沉默，再沉默一点
低首，摇曳，属于它们的寂美何其内敛
至少应该有两个人
在这里见证它们的心情
多么洁白的精灵啊
像极了弹琵琶的姑娘
隔着半江的秋色
一句句的哀愁
唱尽半生的岁月
我的眼泪为她而洒
仿佛是我这位陌生的人
不小心勾起了她的哀愁
所以我们一动不动，月光啊
就把这个夜晚留给那姑娘和荻花吧
不管将来的岁月
还有多少未知的离开

龙开河上的九龙街

站在九龙街口
我喝一声：龙
它盘曲不动
我呼一口气：风
它摆了一下尾巴
我又叫道：天
它猛地腾空而跃
我最后低语：止
巨龙消失了
车流的尾气模糊了一整条街

思乡曲

万家岭上的风
任何时候都是剧烈的
老人说，那是
死去的战士在吹奏
想必每个战士身体里
都有一枚竹笛
活着的时候
他们战斗
死后
他们将竹笛向着家园的方向
继续日夜地吹响

回首

那棵树上开了一朵花

一天只开一朵花

也许昨天不止开一朵

昨天的昨天也不止

这一树的繁花都是哪天开的

谁数得清楚

就像一个人的一生

那么多美丽的悲伤的难忘的瞬间

回首时　谁数得清楚

南湖红船

我们用一整个舞台

去追忆

此时盛大就在周围

缓缓开放

聚或散的造型，忽明忽暗的光

誓言和呼吸

疾走，奔告，举臂，或岿然不动

复原最初的世界

如一声，邈远的鸡啼

红船，游弋在南湖之中。主义

游弋在思想之中。欢欣游弋在

激情之中。自信，游弋在信仰之中

一片灿烂的水面上，真实地激动着，

一切　刚刚好

像蜜蜂毛茸茸的脚触碰下怒放的鲜花

牛

牛在吃草

吃得很庄严

它们消耗不了这么多

但它们得吃，不停地吃

留着以后慢慢反刍

一只牛吃得走不动了，卧在草里

另一只牛吃得走不动了，卧在草里

许多只牛都卧在草里

它们不知道　农夫正在一边磨着刀

眼睛里寒光闪闪

我想我们的生命和这些牛没什么两样

我们一直想为未来贮存得足够多

而命运莫测的刀刃也一直寒光闪闪

庄严

随波久了　我有时会怀疑自己
丧失了庄严的能力
或者怀疑这个世界
根本就是一场巨大的游戏

而今天
在夕阳徐沉时
烈士宫前
三面旗缓缓地飘落
低声鸣响的音乐声
落在　陡然庄严起来的心上

思念是一种很玄的东西

喧闹的月台上
离去的火车永远比到达的快
汽笛响一声
思念便削下一片
心便剥去一层
落了一地的思念
飞驰的火车不肯带走一片
心一层层剥落
一层比一层惨白
寂静的月台上，站着一个丢了心的人

听钟

连香客都算不上
所以我只在能仁寺外
听了一会儿钟
我待在墙外，不走进佛的世界
就如我不去想轮回
但清灵之泉仍可乘着花香
湿醉我一身
就如我丝毫不懂如来
但在潭边发完了呆
映过了倒影
听鸟断断续续地倾诉
我知道我已无可避让

陶园竹穹

竹林下
风的天空正在变小
如一颗怦怦的心
一定有钓者
趁这刚刚好的风雨
来钓竹边的池水
在并未约定的时刻
钓起了风的心情
和一圈圈的涟漪

故乡的月

在异乡望月
哪怕挑上十五十六的日子
总不像家中的元宵那么浑圆

富春山居图一分为二

六百年的宣纸

流一条江

流在大陆

流到台湾的

是一条江

不舍昼夜

遥相呼告的

是一条江

能载物的

滋润身心的

浇谷物与菜的

是一条江

流淌在我的血液里

你的灵魂中

沉默奔腾的

还是这条江

老树

树在屋后立了好多年

站在风雨里

天晴的时候

供孩子们爬玩

爷爷爬过

父亲爬过

儿子爬过

没有等到孙子来爬

有一天它实在站不稳

一头栽了下来

断成了两截

连呻吟声都来不及发出

屋里三代人围在圆桌前吃饭

第四代人在学步车上走路

屋外响了一声什么，没有一个人关注

灯火通明，笑语喧哗

只有另一棵树

在风中弯下腰

抱着半截老树

掩面哭了一场

这一刻

这一刻
心中只容一局
其余
都忘了

格桑花开

是谁这么不小心翻了花篮
龙源峡中格桑花星星般开遍山脚
数不清的笑声从花蕊沁出
漂过心海的记忆
这样的笑声也曾漂过学校边的小河和归家的巷口
那些过去的岁月
在朦胧里有着温柔而酸软的气息
春天的尾巴上我每一次放学回来
隔着围墙看庭院中的丁香
记忆像阳光一下子降临在我身上
那些片片飞落的小花只用了一瞬间
我就再也迈不出离去的脚步
多少年过去，我不敢想起
丁香花落在红砖围起的庭院
落在学校边堤坝上青青的草间
少年寂寞孤独的暮春
我站在龙开河边上，看到远处的丁香
一片片，一片片，落满草上

旅程

真要再来一次旅程的话

就宁愿不要导航，不要路牌

不要远方刻板的目标

不要算计

不要大道平坦

不要一路的芳草与欢歌

把车与自己交给天机

交给大道

只管开

任意东西地开

不假思索地开

没有彷徨地开

开到山崖上

开到泥泞里

开到溪水中

继续开

开到没有路然后又有了路的地方

开到朝阳升起

开到星月无辉

开到树叶绿了又黄去

继续开

开到清风徐徐

开到生生不息

开到拈花一笑

开到从未见过的风景处

如果真要再来一次旅程的话

莲记

老僧在殿下

植下莲子

风吹了又吹

夏末伸出几缸绿掌

他心一动

给每片绿叶

送上佛的祝福

转眼秋来

庭前一片残意

枝叶焦枯

晕倒在缸的边缘

老僧时常想起

院落中那一片绿

天地中那一片绿

然后他低头

看手中采下的一把莲子

（是日风和，吾等于万杉寺后庆云殿，见能忍法师。法师具大慧根，安坐榻上，口吐莲花，其语深悟佛禅妙意。而后其引我等出殿门，拾幽阶，寻珍珠泉，观宋之遗摩崖石刻龙虎岚庆，又亲选其著作数种共五巨册遗我，嘱吾务必精读《万杉寺志》，可以广心胸。别前于殿上见能忍法师所养孔雀两只，悠游于院墙之上，啄食花生于佛像之前。是时偏房传来菜油煎安徽毛豆腐之浓香，余等五人齐奔入内，各夹一块，入嘴大嚼，表皮脆而内里绵，唇齿留香，实人间至味！法师午餐不过瞬间已为我等洗劫至半，罪过罪过。告别时，见法师于殿前植绿莲数缸，极富生机，夺人眼目。归来后百度一寻，方知能忍法师为临济宗第四十五世，应江西星子县政府邀请来庐山万杉寺主管复寺基建，出任监院，为寺院建设的主要谋划者和参建者之一，寺院木雕工艺均出自其手。）

老了

忘记了年轻时节里的那些事

忘记了愤懑　窘迫　失落　动荡

就这样优雅地老去　嗯　就像这样

背还可以再弯些　连咳几声也没关系

时候已到　万物总有那么一刻

可是你要记住

我只是没力气再胡闹下去了

慢下来　想静那么一会儿

也许我会就这么睡去　累了　闭上眼睛

那就让我挂着最幸福时刻诞生过的笑容

心满意足地　睡去

用不了多久　我将重新醒过来

在一片新叶　一颗种子

一声鸟的初啼里

碎月光

记忆无法抵达的

就交给月光

月亮下的月光碎了一地

碎了一地的还有记忆

碎了的记忆里

那些人都还在

那些东西都还在

以前见过的

后来见不着的

再也不用见的

都在

月光穿过一排排凤凰树

穿过低语的风

穿过一生都在搬运的蚂蚁

穿过那些曾经的岁月

碎了一地

我对清风怀着无可救药的眷恋

每当寂静的山林中
突然掠过一段清凉
我知道这一定是
上天与我未经约定的秘语
我在轮回的生命中
曾夹带了一缕风
里面种着我的今生
这是我为自己预留的退路
我对清风怀着无可救药的眷念
我喜欢庄子在九万里外
衣袂飘飘地御风而行
这是我为自己预留的神话
而此生的清风太遥远
我只有在烈日下的骑行里
面对一群群的蝼蚁
这定然是命运为我预留的一记耳光

花香

不管舍不舍得
这些香透过我们生命的
温柔过我们灵魂的
都将离去

离去后的落花是否也成了花魂？
被死去的爱花的人魂
一夜夜地
在另一处的枝头间
继续嗅着

天花井的春天

森林公园的树上
桃花全开了
我感到：是我温柔一抚
唤醒了整个春天

百瀑泉

七月飘摇的树影

清歌在碧绿的潭水中

百转千回

有捋不清的心思

缠绵到很远很远的深蓝

若你　能看懂我

寄托在白色浪潮间的等待

那就从一滴水珠的凝聚出发

从一个词语开始

出发

在这激越的百瀑泉上

看莫测的行云如流水

看汩汩的流水像行云

那只蓝色的蜻蜓

正从我们漫长的梦中挣脱出来

在石壁的绿苔前含蓄地飞旋　停落

眸子中的笑　就像

远处的山峰前

植被绿色的清香

这一刻时光轻盈　在空中不肯飘走

一场雨的高度

轻叩开我梦中的心扉

当年明月

夜里走近湖边

看照亮我们的那轮明月

也曾照亮了那些年

那时我们一个劲儿地奔跑

手中握着世界奔跑，顾不上

回味

青草，细雨，蓝色的蜻蜓

一切让血液燃烧喷涌的

究竟与什么相连？

现在我们就在它的清辉下

看它笼罩一切

像一张撒下的网

收走咖啡，茶座，自行车歪歪斜斜的印迹

甚至网走了

许多个漫长的下午时光

那荡漾着的、沉迷的

岁月

此刻已经惘然

当时也已惘然

感到

湖面没有泛起波纹
我感到鱼已经来了
微雨没有吐露它的念头
我感到燕子正在斜飞了
没有一枚花蕾
趁月色静谧偷偷绽开
我感到春的密语了
那么甜睡的你
没有一个梦捎去我的牵挂
你是否能感到
我的心像田野中的青草在风中乱了

我要

我要一间驿所，让我松弛

这狂奔的双足

我要一处地方：荒原或深山

能够在树叶和草上写下心愿

我要忘记追逐

放下一切对未来的礼赞

和对一阵风来去自如的期盼

给我一个时辰的放下，一笑，就呆了

漫漫黑暗隧道中玫瑰的幽香

或者回到最初那一刻

整个世界都是新的

我纵声一啼

响彻宇宙

于是我再一次笑了：成为信仰

带着手掌心紧握着的希冀

和脑海深处游弋着的温柔的痛

冬晨

我想对你说

我是如何爱着这冬日的清晨

冰冷的风在湖面一吹

我的灵魂便摇荡起来

我与泛起又平静下去的涟漪一起

参悟尘世的繁华与枯寂

一圈圈的波纹

变幻着隐约的过往岁月

此刻已不知

还记得什么

又忘了什么

在这冬日的冷风中

一切都吹远了就像树放下了绿叶

花宫的钟声放下牵挂

生命放下了浮华

现在，我可以观看世界

无悲，无喜

一如观看我千丈见底的心

农民

乘着薄酒的兴致

我们在岁月掩映的幽径中

俯身摘旧日的青果

一遍又一遍，想起最初种下的心愿

唯有好友，可以共享

曾经的拾起与放下，追求与辜负

虽然命运的风早已把一切吹远

人生不过百，而如今我的田里青苗正好

杯中酒常满

一声感慨，故渊在眼前缓缓延伸

东篱下的黄菊正灼灼

南山隐隐

莫问

莫去问

鲜花是否也有

坠落的遗憾

君不见

蜂蝶正翩翩

花蕊献出了最深的甜蜜

莫去问

一千年以后

这条河流和常青的水藻

君不见

游鱼在雨后兴奋地

跃出了水面

莫去问

漂流的白云怕不怕晚上

君不见

原野上的草叶都绿了

树也正长得好

过去

一切已经过去
我坐在这里
像台风席卷之后
已经狼藉的田野
劫后残余的秘密在固执地膨胀
还有风带不走的过去的气味
台风已经过去
我还坐在这里
我把一切揉成团抛在半空
在浩劫里它们早有了自己的主义和心思
不再愿意和平庸一同进入梦乡
台风已经过去
我还能坐在哪里

异乡的憧憬

我只想告诉你
山脊上，那新月的魅力
黛青的半空
一群夜莺在歌唱余光
我只想告诉你
新月旁，那群星的心事
此起彼伏一闪一闪的
都是未了的愿望
我干脆这样说吧，在异乡的无数个夜晚
我多么憧憬，在山与水之间
向着碧空白云，瞬间迸发
却并未发出一丝声音的
绵绵思绪

遇见

我曾经爱上过无人的野外

我静静地看杏子长肥

树叶间眸子一般亮黑的杨梅

我曾经一个人走在太乙村外的山径上

偶遇上山民饮地泉，摘野菜，用脚踢树上的野果

我看见无数朵麦花像雪一样洒落在他们身后

静静地开着

在观音桥，我看见蜻蜓和蝴蝶带着奔腾的流水浩浩荡荡地

消失在山间

我站在水边的岩石上看它们

一边抚摸金黄的菜花

我想这些流水一定是赶着要去赴什么约会

才会这么急匆匆

我也曾在寂寞的篱落间量太阳的影子

那一天我独坐在草地上

望着一篱的繁花藤蔓

不知道它们为什么要降临在这孤独之地

就像过去了的无数个日子

自己为什么会去那么多地方

我记得有一年我坐在陶渊明墓前的竹林里

忽然起了风，竹叶一片片落在潭水里

泛起一圈又一圈微微的涟漪

都市云烟

从高楼往下看
无数的屋顶
红色的灰色的橘黄色的
比草和树叶要虚假的绿色的
屋顶
诞生云烟的地方
野草和藤蔓
合谋封闭了
烟囱
漆黑的管道里
我仍是一缕青烟
遥远的山上
晚风总吹湿
那对等待的眸子

同文樟苑

那些岁月里樟香的味道
把跋涉的生命染得芬芳
清辉洒满校园的夜里
樟枝一样倔强挺拔的孩子
端坐于小山一般高的书堆前
漫漫的求索之路缓缓在
樟林的阴影前展开
摘一片又一片翠绿的樟叶
夹在书页中，压在枕下
回味不约而来的青春
八月，饱尝过苦后的甘甜
在撕碎所有书本轻装迈向新生命之前
取出页间片片泛黄的旧叶
在上面郑重地
抄下一段段往事
然后把它们统统收进
记忆的领地

梧桐树的抚琴声

甘棠湖边
你一抬手，就萧瑟了整条街道
脆透了的黄
风是你精致的手指
我无处不察觉到
这密集的颔首
不是画家、乐者拙劣的模仿
它是酒神的狂欢
张旭的字
高翔庄子的九万里高空
将世人无从探寻的事物
——指点
然后飘落，随着琴音
你化作穿着月白色道袍的散人
带着洞彻的笑意
将目光掠过微漾的湖水
抚慰远处静默的匡庐
使山间漂流的暗云
熟睡在树的枝丫间
像一个孩子

心动

用岁月洗过笔

蘸满天地

把一切调淡

在没有约定的夜晚突然画出

满池的烟雨

悄然一动时便有

灵醒的风，去催开

看不见的心莲

观《滚滚红尘》

雪很大的日子
我总会想起
过去
你掌心里的温度
江南的梅红了
你拥着我说
而我什么都不说
那一刻世界很简单
连时间都是醉的
都过去那么久了
我们也已那么远
但今天我要对你说
昨夜的梦里，我真的见着梅了
那么红
比滴着泪的红烛还要凄婉
风一吹它就落了
一瓣一瓣
像一场雨
像雾
像我见你第一面时的心情

记忆

那一年福建商城还是木材厂
我常常用棉线牵着一只金壳虫
独自走过夏日
在堆叠成山的木块中间
看阳光把蹲着的影子
一寸寸拉长
那时，我不过七八岁
而今天我在乡下
看到一地的紫菊花，这么谦卑地
伏身开放
它们在风中轻轻摇着
在我眼里
它们也不过是七八岁的样子

飞

我一直在飞

停也停不下来

我有鸡爪文记满滔滔不绝的思绪

我有一点点厚脸皮和

一点点机灵

有一件廉价的红外套

有一双脏球鞋

就敢这么冲出去突然就爱上了生活

我有嘴巴，不说谎用来说话

我有笑容，不造假用来温暖

我有一双手，不争斗用来握用来击掌用来拥抱

我有红酒啤酒可乐苏打水

我有数不清的朋友

我有了自由，就有了诗

一幕

太阳还没升起的时候

工作已经开始了

老人摆出鞋摊

太早没有顾客

她坐在熹微中穿针引线

盘算着昨天的收入还有孙女

暑假后的学费

汽车在尖厉的刹车声中停住

男人们冲下车

抖散地上的鞋摊

收走十几双才织好的拖鞋

争执是难免的

推搡有时也是难免，还有低声的呜咽

他们硬得起心肠

向市容作出保证

另一个男人也要用他手中的扫帚

向这条路上的市容作出保证

他用力地挥动

垃圾和尘灰飞舞起来

弄脏了执法男人们的

黑皮鞋和一丝不苟的裤脚

雨突然下下来了

暴雨来得很猛烈

一群人忙不迭地往街边包子铺躲

他们在一张方桌上团团围坐

老人，几个执法局的男人，清洁工

热腾腾的包子分装到几个盘子中端了上来

像一家人，低着头吃早餐

一个执法局的男人把辣酱瓶子推给了老人

接过清洁工递来的方便筷

大家都不愿再说话

只想安安静静地在哗哗的雨声中把早饭吃完

风

今夜
外面风烈
我看见黑暗
吹成了浪涛
一波波涌来
它们的脸上
毫无例外地有着
冰冷的表情

我仍要

命运只要一声轻轻的叹息
岁月就接不上了青黄

死水漫过世界
和你
拦也拦不住
风卷走黄叶
也卷走你依恋的目光
我明白
总有一天
早些或晚些
我们都要独自上路
永恒的睡梦
你喜欢也好
不舍得也罢
这红尘的消息
从此与你无关
但我仍要宣告幸福
宣告麦子黄了，高粱醉了
宣告正午阳光万道
五彩斑斓的音符光芒四射

影子与影子的空隙里
种着数不清的爱情，鲜花，山水和诗
这一刻每一处细节都是辉煌，都是灿烂

而这一切
与结局并没有什么关系

阴影　舞蹈

比如说　有一棵草

平淡的　谦卑的　沉默的一棵

一生都在树的阴影下

舞蹈　歌唱　呐喊

阳光　一大把一大把　挥霍无度

却从没有一刻关注

一棵草的孤芳自赏

但我分明听到了灵魂炸裂的声音

这一瞬间很圣洁

一棵荒原草

一棵没有记录的草

一棵努力穿过寂寞的草

正在阳光的后面唱着歌的草

夕阳

太阳落下的时候
一只湖鸥跟下来
湖面晃了又晃
夕阳藏在水下的那一半
一波波地拱向半空
要撑起水上的另一半
湖鸥又把它轻轻压倒在水里

这一刻

夜比墨更浓
万籁俱寂
风也快睡去
树林在沉默中枯朽
湖面凝固
地球的心脏
越跳越慢
这一天慢慢闭上双眼

夜雾·渔父

从湖的深处升起的
飘浮在眉目之间的
湮灭了梧桐、垂柳、香樟、夹竹桃的
与藤蔓缠绕，沿着斜出的枝丫攀爬的
一直升向西天弯月的
朦胧中一个盹
几十年的光阴就过去了
有什么一咯噔
黄尾的肥蜂停下了采蜜
疑惑的目光在花蕊中到处打探
钓竿一抖
隐约的鱼儿像水墨小影中
淡淡的一抹，跃出绝美的身姿
渔者朗朗一笑
欢喜就一圈圈漾开了去

天花宫

在这年三十的深夜里
天花宫香火正旺
能排在前面的非富即贵
最焦虑的永远不是穷人
一张张苍白模糊的脸
做不到的、见不得光的、魂牵梦绕咬牙切齿的
统统拜托给菩萨
实在抢不到第一炷香就算了
反正愿望不能不说
迈出寺庙大门时，心事重重地递给
残疾的乞者一张大钞，平时在马路上遇见要绕道而行
现在也不是良心发现
无非图个吉祥，也是向菩萨表下态
然后满意了各自上车，消失在漆黑城市的边边角角
这一和睦场景在天花宫门口持续了一晚
一排乞者捂着口袋，憋不住脸上漾出来的笑
新年的第一天凌晨
菩萨很辛苦
要记住那么多的秘密
帮不能帮、帮不上、不愿意帮的忙
还要忍受比以往更猛烈的香烛的烟雾

诗与酒

朋友为了诗来
我说喝酒吧
家里的酒还有
但诗不是说来就能来的
于是我们月下痛饮
一句诗也不谈
有那么一会儿诗它似乎自己来了
一闪又不见了踪影
我想它是被满屋的酒气吓走了

看云

有些记忆与情绪

是时光的洪流裹挟不去的

比如那年的一夜松涛

云江翻波千层浪

惊醒了的枕头

润湿了梦

索性开窗放一条大江入胸

仿佛只要一闭眼就可御风而行

而此刻我

已然衰朽

心情

别后的心情
在酒醉后是这样
在风雨之夜是这样
桃花满枝时是这样
漫漫的流光中是这样
灯下是这样，天亮时是这样
执手时是这样，折柳后是这样
拆你的信时是这样，等信时是这样
像极了荷池中的莲瓣，张开几分，有风还是雨
没有滚动的水珠与赏花的人
心情是完全不一样的
明白了今生再也见不着了
我在想怎么着才可以
让心情不要一会儿这样，一会儿那样

老兵

老兵们很老
老得就像地里
错过了收割季节的菜
这些菜叶很硬
比树叶还难下咽

那个年代没有退伍
只要需要
老兵们就得
一直打下去

呼唤

行三十公里的车
在这里，上山
关闭手机，沸腾的心
还有身后那座城市
这是另外一层世界
没有什么需要
被增减。流水浩荡
近也呼唤
远也在呼唤
召寻迷失久的耳朵
听鸟叫，石叫，漫山摇曳的叶子叫
接受清风空灵的
点拨，多么充分
这是另外一层世界
没有什么值得去固执
太浅的喜怒哀乐
不值得。俸薪，不值得
奔跑到疲倦不堪的人生，不值得
连成为城市明珠的那两圈水
也不值得
流水还在浩荡，远远地

近近地
它一定在呼唤谁的耳朵

湖边的早晨

一切到来的时候，骄阳恰恰散去
金色的烈芒，湖山都不喧嚣
只有风与水的轻语
静静缠绕
蓝天白云分外清晰
一道微光从天边升起
圣洁地洒落，不厌其烦地
洒落
时光凝成油画，永世不动
起点和终点之间
有谜一样的距离
这一刻
你不是你
我也不再是我
世界也仿佛
脱胎换骨了一次

后会有期

当我们最后一挥手的时候
马蹄声在月色下弯出了不舍的弦
杨花落在你的身前
子规啼在我的耳边
一句后会有期
从此思念便永远堆积
在你我的心中

不如回隆中

为帝王谋有什么意思？
整晚不睡觉去骗箭
与一群读书人吵破了喉咙
厚着脸皮不还借来的荆州
空城上抚琴胆战心惊
净做着些啥事
不光明，也不够磊落
诸葛，今夜五丈原的北斗那么凄凉
沿命运的诡谲目光
我索性带走疲倦的你
穿回隆中
就去耕地
躬耕者最快乐
在地里一尺尺丈量出来的
是来年的收成
有稻谷和酒就够了，饭饱后不必
再提起抱负
世事滔滔江水东流
谁也挡不住
末世的沧桑
卧够了就起身写几本书

字字珠玑
从此彪炳千秋的
又岂止几篇奏折?

岳母祠遇隐者或鬼

穿过千家的村子

数一排排的房屋

游逛着

来找岳母祠

敢把祠堂修在这么偏僻处的

就不怕安静

在虫鸣声中，看碑看联看匾

看知了被太阳晒晕了仰在青石板上打转

柳枝垂下腰往水面钓鱼

老人眯眼看我

"你是第十个，这个月"

他躺在藤椅上摇着大蒲扇

一副乐呵呵的样子

狗趴在一边吐着舌头

懒得看我一眼

走下门外的台阶

我回头

只看见

一条通往墓碑的青石路

逍遥游

我们用岁月舀水
豢养欲想这尾鱼
一天天一瓢瓢
水面渐积渐高
但哪抵得过鱼儿的生长
它哀叹翻滚
喘不过气
直到我们忘掉一切
只与自己言语：
飞吧
于是真的就飞起来了

那只梦蝶

它来了　在这个清晨
迎着清露
从庄周的梦里
飘忽而起
千山万水
栖落在泉边的石上
饮够了甘冽
看完了山水
它朝人张开翅膀
扇一下，又扇一下
我们的心一下软了

我向往

我向往
那山中的白云
白云里的清光
清光外的幽空
我向往着寺院
晨钟声里的启悟
僧人无声的低语
万物空空
静得很有韵致
我能听见高妙禅音
从高处沙沙地洒落
穿透世界的水泥边界
和突然润湿的心

梦见匡庐

风是淡的，花是醉的
弯足了的月亮，是用安静
细细擦拭过的
黄龙寺青烟缭绕
僧人晚课时一声清吟
云上的日子
被石阶一步步垒高的日子
六百万只鸟齐鸣的日子
古石和飞瀑的日子
半卧在五老峰前，老去的日子
这样慈眉善目的日子
头一挨枕头梦就来了

小满

幸福就是
夜里突然亮起的
温柔的月色
和微轻的细风
忘情地唱和
幸福就这么简单
不期而至
你不必用心揽月
也无须刻意追风

送春

还需要春天走时说什么
从最冰冷的日子开始
她为你送来满满的海棠红
离开时，还留下这一窗台的绿

逢观音桥溪中巨石

那天就这样

在数着沮丧的时刻

一见如故

你斜躺在涧水中

以忘川的安详

迎接永恒的水流

落英在身前身后浮动

如窃窃的呓语

你浑若无觉

弥漫天地的闲散

自你的罅隙中

一点点沁出

在遥远的山谷有钟悠悠敲响

陶园见曹晓题字

唯有这般奇怪

方能写下诗人的伟大

字与人都不静穆

于是才有桃源之水清兮

可以濯我心

新世界在一座山前

悄然绽放

千百年来我们固执地

要一遍遍溯桃花溪水

去寻最早的根

有时也会忘却初衷

就像脚下的路　茫然一片

但我相信这样的寻觅

不会没有意义

就像我相信诗意必然会充溢

所有跋涉过的生命

识也不识

若尖峰则高耸，若众岭
可不就逶迤？
我终于和你
一起明白了。不是角度
在变幻着一座山的姿势——
是悟
是路
这千岩的幽深，这九曲的神秘
仿若命运
从诞生走到告别
仿若山雨
从欢喜流成了悲伤
而这一刻，山也正像你
一起沉入了思索
想着那些
无常的瞬间
想着万川泉水
怎样汇成了同一条河

春歌

春天，我梦想自己
隐身
于迢迢青山
我的意思是我梦想自己
像一阵风
将温柔的气息覆盖了
每一片草叶
春风里
飘荡着奇异的思念
那一刻，我重回到了气质状态
不是脱胎换骨，是——
轮回

栖贤石刻：记忆之一方

不要把你写得像智慧那样不可捉摸

把你写成小小一方，正正端端

以便智慧刚好把你覆盖

如果把你写得再简略些

智慧就会失望

那一年

贤者把自己献给了文字

拈花的微笑是不必的

刻工把自己献给石壁

深浅的把握是不必的

你我走近去看时

领悟也是不必的

这一刻

文字之外再无文字

天地无声

心神屏息

（那栖贤寺，我一年里也总要去几回的。寺旁有观音桥，夏日涧水穿桥洞而过，白浪湍湍。水畔开满山花，无人采摘。寺中有两口大缸，冬天的时候，上面结满了一层冰，伸出手指去戳，啪的一声，冰面上会裂出蜘蛛网的形状。一股寒气从纹络里冒出来，让人忍不住打一个激灵。殿门从不关，僧人总不在里面，留几尊佛像在那里微笑。下午的阳光很暖和，透过窗棂在殿里的青砖上重重叠叠。有一次我一个人静静看佛。小寺庙里的佛像，总是格外安详，平和，像是触手可及。在暗淡绵柔的光映中，有咀嚼不尽的禅意。隔着供案向上看，如来佛祖顺目低眉，似笑非笑，又慈悲，又深邃，又平易，极圣静。）

生命

以十指为眼，心为手，在泥中
探视，引导，修正，重返，再出发
愈成型，愈犹豫
心头一闪烁
手上一颤
一出神
一念
都会把碗旋成
另一种弧度
每一瞬间眼前
都有无数种形状
聚散，成型，扭曲，变幻
你正在做一个碗
其实你在做无数个碗
于是
你一下子很幸福很幸福起来

远方

我站在无人处
看遍野山花
燃尽春天——
"我将永不恋那远方了。"
一阵风过，山花颔首低语
傻瓜
花将开满你的一路

雨来

清晨，有一阵急雨，啪，啪，哗，哗
世界冷静下来，凉意升起
小坝两岸，柳枝湿漉，细叶青翠正好
此时若你恰好经过，会看到十万颗珍珠从湖里一齐跳出
三个月来，伴月亭里依次开完了许多花
那是岁月的脚步，与人世做着隐秘的告别
我每晚散步到这里，总要听一听时光的声音
目光抚过一排排花树，弹奏出光阴的故事
我在黑暗中静默着，此时人世间的意义
就是每一片花叶的颤动，和它勾起的
江南，杏花，春雨
会有不再年轻的歌手寂寞地立在路边握着他的麦克风
会有一位老人，在亭中望着一湖春水喃喃
会有太阳在雨后升起于城市上空
新鲜的光芒里，岁月呈现慈悲的柔色，万物噙满感激的泪水
那时，会有一个我在小坝上走着，看新阳、绿柳、人群
看永不消逝的远山、诗情

想

它在盏中，漂浮了几千年
它的韵致是一缕悠香
是岁月的不尽回思
它温柔了人世间的悲苦不堪：
羁旅，惨败，辜负，怅惘，莫名的迷乱
——它给这一切安宁、解悟、放下
其实它是树上绿叶的一次还魂
但在夜的灯光下
它仿佛是神话中的道骨仙风

山水

指着高山说泥
指着绿叶说根
指着新鲜的空气说城市和高楼
观竹为佛
又观云为道
观看丛林深处为桃花之源
变退为进
用弃寻得
于寂静处
看春入夏

安眠

是我不忍心
吵醒这只幸福的猫
它毛茸茸的尾巴
那么软，那么长，让我想起了
许多温柔的过去
于是有无数的满足
像鱼儿一样在心里游弋
一直游到
猫流着口水的梦里

那时

那时候应该是春天

空气中聚集着密密的气味

花儿全开了

有个人在花下闭着眼听音乐

那么久那么久之前

那是一个午后

我在二十四楼读书

窗外居然飞进一只蝴蝶

在安静的房间里来回试探

我放下书

无数个温柔的场景从书中滑出

那个时候，正是读诗的好年龄

我站在窗边

做了一个拥抱的姿势

蝴蝶吓坏了，贴着墙根飞逃而去

绿

我一出神，春就闪过了
似乎我把春天错过
其实我心中还飘着杏香，眸里的映山红
还在燃烧　我立起身直面夏阳
一刹那我的热情与光芒一起炸裂成
悲欣交集的炽亮

莲

三千莲中我是一缕

遥远的风。尾巴上的回忆

旷远　飘摇

我在流动的时候梦见鸟

张翼越过梦境

带来绿色的信札，带来你

乡下荷塘的月光

莲子一粒一粒地

甜过了闲暇

南湖楼上

一间茶室

三五同好

七月共夏

在一朵莲和另一朵莲的对视中

缓缓安宁

故乡

一万个你摇曳在一万棵的松吟里

树与树的浪花珍藏于一颗等待的心

我从每一片叶片里追寻忠诚的脉络

越过漫漫岁月

搜索你的背影留在丛林深处的气息

你是我的自由我的梦

是潺潺在风与叶的古筝上的高山流水

我听见你轻轻地唱

轻轻地，像老屋屋檐上一串串的风铃

我一应和　就是一生

思念

如果岁月之河宽不可渡

我也要把思念凝成一树的花

在你的兰舟前缓缓飘落

初秋的蝶与蜂哪里去了

它们钻进了我的心里

想你时

便会有奇异的颤动

你可以挑一个足够好的日子

在水面眺望

这样思念便会随着流水

轻叩我梦中的心扉

这一刻比风来得，更轻柔

金冬心抄佛经

凝然不动　以亘古的目光

观泛黄的抄经

直到纸页上出现光轮

一画一笔

耀目地旋转

攫取着你的灵智

有节奏地旋转

遥远的寂寞的江南寺院

岁月步步侵蚀了字　当这个印象

在你心头掠过

思虑已斑驳如故宫之殿

穿过层层的飞檐斗拱

幽暗中　触碰一块块碑石的内核

大片的新燕飞起

回声庄严

你的盔甲一片片脱落

落地之声如此响亮

几个世纪的字在纸间流动

你喃喃如柳枝拂动水中神秘的波纹

心事

在湖边
扔一颗石子
你就能看见
它一圈圈的心事
可是
静下来的时候
湖水更忧愁了

小吃

你从家乡归来
带来故土的小吃
它有弯月的造型
还有珍珠的色泽
它有瓷密的质地
还有柔腻的手感
咬一口那奇异的喷香
齿颊间便一整天流转
异土的青山绿水

随感

时间消失的时候

人就自由了

不要一根线

放飞自己奔腾的欲望

纯粹，晶莹，唯美，干净

高远而淡至于无形

也就无所不形

没有目的

忘记结果

在诗意的不可思议的翱翔中

一点点发现

原来宇宙很小

心灵很大

愿望

在这里
春天的早上
我埋下一个愿望
到临行的日子
从心中将枝抽出
甜蜜的忧伤
这之后
且灌浇它以澄澈的岁月
盼望着有一天
绿影婆娑中
结出一枚朱红的圆满

夜听《梁祝》

这是风牵挂的思绪

这是玉晶莹的温度

这是三世前种下的梨花香

或许，它还是

月下入愁肠的那壶茶

南山的风景正好

花儿开满了一地

摘花，摘花，摘花

花瓣上月光闪烁，像极了一颗心

守待的悸动。随着梦的节奏摇曳

在每一个清冷的子夜

雅韵（下）

夏晨入馆

馆外雨含自清欢，闲看凤竹与莲盘。
凹石浮萍层层绿，惹来客人倚栏杆。

八月十四晚风至

今夜月隐隐，九霄万里寂。
沿湖觉暑退，天外风渐劲。
秋高诸景远，晚来神气清。
不舍人间世，云中是玉京。

游湖

垂柳数里绿妆堤，甘棠东岸南湖西。
樱花逢雨颜自老，寞寞无语鸟频啼。

观姚杰先生画荷歌

野池寂寞一茎伸，无根而立从念起。
绿荷雍容婵娟态，红莲尽显怜怜情。
闲来不争任沉沦，源头清泉日相亲。
晨吸凉露夜慵然，独居才谙悠闲气。

幽姿从容不同人，摇曳不失婀娜意。

洛阳牡丹若有问，毕生不愿做忙人。

伏案细视不似画，静听萧萧风有声。

观梅

暗音篱落枝横斜，观澜终日看花艳。

绿草拂波忘机处，独立水湄随苍烟。

记青花缠枝牡丹纹罐

枝缠花繁态雍容，浓翠淡点夺天工。

质本冰滑接千载，禅茶居身静穆中。

（茶罐自数日前入家门，今晨始细赏玩。青花蓝正，造形繁密，一眼望去说不出的雍容静穆。淡处缠枝折枝彼此相交，细叶蔓草，繁复工巧；浓处牡丹花开千瓣，层层包容，团团张合，尽态极妍。罐身线条圆润，胎骨柔腻月白，青花浓翠艳美，瓷质冰滑冷峻，肃穆气息贯穿全身。吾大爱之。）

题万杉寺

境幽看非远，入园始觉深。

苍松依泉石，禅音彻古今。

白石随意坐，冷泉可浣心。

夜钟惊禽梦，山风若龙吟。

一入清净地，更无羁绊身。

（数月前应张长弓之约入万杉寺半日，听杉涛，食菜饭，饮清茶，习坐禅，有僧曰："打坐是谁？念禅是谁？"闻之而惊，心神洞明。）

妙趣

海棠次第开至今，半岁窗前始落尽。
又见茉莉聚蕾心，来日展君素罗衿。

抒怀

书院高楼练排中，南湖红船多从容。
同文热血共浮游，纵诗一曲志满胸！

元旦

浅觉醒时，
窗外如漆兮。
清风过处，
且与夜谈噫。
晨曦渐明，
可以书墨也。
早餐之后，
能否登高乎？

过南湖

忙来未曾记中元，清夜寂行西风旋。
千盏荷灯湖上逝，一点孤独去又还。

英灵

四十年间公与侯，魂归灵台自风流。
烈烈浩气千秋颂，至今犹响浔阳头。

夜游

十里荷塘余枯茎，三千古木尽沐青。
凭栏阅尽万点灯，一缕闲愁共古今。

归来

夜行惊觉星月昏，入室方感暖如春。
莞尔卸去辛苦事，独得自在乐薰薰。

感怀

日落小城北风烈，冬至樟苑寒彻夜。
晚来环湖皆枯木，惊见道旁花犹艳！

努尔哈赤陵园

清宵独立觉轮劲，浓酩过后无歇意。

故国回首四百年，九州纵横三千里。

登高

入山便觉秋意凉，登顶始知气力长。
回首蛇径隐云处，碧空如洗叶初黄。

小景

江山一别千万重，佳茗香溢九州同。
正是秋劲叶黄时，鱼共落片戏池中。

明日奥氏访日

助鸟已见肘，飞日未必功。
屈伸两皆难，玩火怕成凶。
养虎终成患，聪明反成庸。
心怀不轨意，公道可在胸？

有感

静夜轻雨后，灯火明灭间。
高歌音犹绕，笑语意万千。
车马无声逝，流云骋中天。
小窗春气暖，卧坐皆适闲。

山行

落花寂寂无人看，行到深处雾始来。
流水石前歌一曲，激起满山绿昂扬。

禅宗

无知非不知，无知无不知。
抛却无知去，余下皆可知。

江边行

尖笋青青江边立，暖日迟迟林中寻。
素手剥得笋心出，娇嫩清香涎欲滴！

游康王谷

康王谷里野茶香，桃花源中觅春光，
偷得浮生半日闲，且把星子作故乡！

夜观戏

欲究陈年案，神医海外归。
用尽巧心思，意解重重围。
手术亦战场，百折犹不回。
但为当年誓，终生莫相违。

秋登

叶落匡庐瘦，年驰双鬓疏。

涧清和雨钓，农家篱前锄。

门前溪如画，虾鱼伏不出。

陶潜曾有语，吾亦爱吾庐。

（今日携一众同窗再登好汉坡。二十年匆匆，相顾俱两鬓微霜，华年不再。所幸彼此均身心安宁，岁月静好。）

晨读赵州师

赵州有高人，逍遥于世氛。

随口出数语，千古成奇文。

凡尘把身系，万里鹏不群。

海阔目力绝，感慨揖清芬。

石门涧上亭

凿开叠云筑妙亭，碧崖清流风泠泠。

我今高坐清凉界，闲看人间热浪兴。

雨日访栖贤院

遥闻数声磬，天雨禅寺静。

举目山苍然，溪疾过树影。

饮茶定慧寺

石路峰岩尽，花香一寺清。

客来自煮茗，僧坐闲抄经。

（定慧寺坐落于匡庐北麓，背倚双剑峰，面朝笔架山，周围松竹环抱，四时清幽，向为隐士静养之福地。因其地有泉井，出水清冽甘甜，每日有众茶客闻名而来，于怡心亭内煮茶静坐，寺僧以之为缘，概不拒也，众人遂得享泉林之乐。）

临万杉寺外古石刻

万杉引我过瑶坛，冷露万点轻衫寒。

庆云峰前龙虎石，世间能有几人看？

（秀峰万杉寺，匡庐五大丛林之一。寺前巨型古石刻"龙虎岚庆"，其中"龙虎岚"三字，每字大于6平方米，"庆"字更是阔至13平方米，为庐山之冠，全国罕见，相传为宋包拯书写。黄庭坚于绍圣元年访万杉寺，观石刻余韵、望庆云峰岚，以诗记游。）

法国医院遗址

旅者不至处，独临眼界清。

菊开时正好，山色一望明。

妙禽高旋尽，丝云缈缈轻。

不去石火光，懒得恋虚名。

（周日驱车独入森林公园一游。初时人多，道观内汲水人、烧香客熙熙攘攘。及至过龙湫，越石桥，攀野径，至法国医院遗址，则秋阳微暖，万物静默，小径入幽，野花遍地，实为佳处。）

别曲

大江漠漠昼夜流，孤帆何曾因客留？
他乡渐近故乡远，道是无愁愁更愁。

渔村观鸟

渔村寂寂西风劲，芦荻瑟瑟薄暮映。
苍茫数里回首望，岭头寒花疏寂历。

夜读东坡离黄州之汝州

秋风别左岸，落叶共飘零。
孤帆随波去，远寄故人心。
四载常往来，欢笑曾满庭。
慈湖不忍辞，九江看江舫。

闻陶潜抚无弦琴有思

可爱陶渊明，常坐幽谷泉。
清晨听柳风，暮至观禽还。
座下无弦琴，时时凌空弹。
人曰渺声息，妙意自然传。

千年梅语

满树红梅寂深幽，凌寒独绽四顾愁。

愿随野涧清流去，一路遗香到江州。

题莲花洞报恩观

闲看清风戏青芽，捧来山泉静煎茶。

慢语声里斜阳暮，道人懒扫观前花。

（11 月 5 日步游报恩观，是时人稀。日移林影，风动影摇；观前落花，花犹依依；道长高古，笑饮不语。实为养生之宝地，世外之桃源。）

春醉

平野经雨草愈柔，郊外春山翠横流。

道人醉扶竹杖归，不觉天边月如钩。

游庐山

闲作匡庐游，颇觉岩上趣。

乱石穿云过，清风自来去。

灵猴树间眠，花飞不知数。

一声梵音泉，惊破清幽处。

（今日匡庐，缆车纵延。不过一刻，即可下上。尝与家人闲游一日，观乱石垒峰入云，觉清风来去自若。更有灵猴端坐枝间，闲瞥花飞花落。）

静意

古观静闻钟，推窗绿意重。
世梦忽已远，大彻于此逢。

呈诸友拜年

古寺夜来僧未休，红烛如海夜如昼。
庭中万千祈福声，各将希冀挂心头。

初四乡居后院望春雨

去岁旧藤新枝绽，红花遍地春意燃。
初雨来时缸欲满，小哥闲把秋千荡。

山水小品亦可人

翠竹萧萧碧水上，山色有无树影中。
溪石静默浑不语，一时忘却九天风。

花源谷

百紫千红闹清明，春山幽谷不绝行。
一潭碧水思静寂，鸟鸣如随又似迎。

乡外

素花垂如带，碧潭微有纹。

闲坐主与客，清欢是佳茗。

遥看溪边翁，起钓笑呼君。

山风天正好，闲心似浮云。

春在枝头

高楼春意正盎然，深黄怒放绿犹雏。

向日葵发千层艳，康乃馨敛一粒珠。

野菊丛叠芬芳闹，浅紫罗裙斜逸出。

何忍舍却浔阳去，七分情意寄此居。

日暮苍山图

千寻古树与云参，万古奇石浸深潭。

遥闻山中传木笛，暮雾转入山之南。

（古径九曲，景致万千。轻雨湿石，白纱略掩。碧潭素浪，鱼翔清浅。绛虬绿叶，鸟鸣树间。）

夜茶

小楼月色洗心空，闲持茶匙有无中。

玉指生香书席畔，铜托烟轻飞花风。

雨日

垂云雨幕黯，万马奔雷来。

龙饮一电惊，湖动波肃然。

同文学生宿舍边见花墙

一树夹竹桃依依，风衬叶荫夕开时。

若无闲心岂得窥，不是妙人何能知。

晨赴同文书院中道逢雨

夏月飞疾雨，天下一望疏。

湖涨波风怒，水雾南山孤。

遥似当年时，嘉兴红船出。

投身家万里，热血可归无？

（今日雨疾，赴九江学院重演《南湖红船》，以纪七一。）

樱树

同文樱树花数株，

粉面含羞姿意殊。

轻风吹得花瓣落，

一地心思归何处？

八声甘州

读故将军扎营细柳，铜壁意森严。休论何人来，军中只识，亚夫令牌。三千虎狼一动，所向皆披靡。为国分忧事，凭我利器。

一箭长驱风云，谈笑若轻举，虏自寒胆。看军威慷慨，建功名万里。南海急，暗流涌喷，狭路相逢死士得胜！吾辈事，分忧为国，何可旁观！

朝中措

人至不惑惜流年，晚来韵致绵。休叹情味略减，灯下惬意无限。

为甚得意，为甚惊奇，且抹几笔。笑把汉隶古意，换却三分俏皮。

点绛唇

长安浮名，将出换取逍遥醉。事无事处，为人间真意。松竹伴我常至海会寺。山鸟起，俯吟风雨，剪取鄱湖水。

（海会寺之名，寓百川汇海之意，实为小寺。二门题额"真面目"，为康有为所书，吾喜之清奇。山门外凿一半月形莲池，长三丈，宽五丈，小巧可怜。念佛堂阶旁种观音莲数株，阔叶如掌。是日雨落，吾笑曰此可摘而作盖头，以避风雨，然终不忍摘也。）

洞仙歌

胸拥千壑，蕴眉山奇秀。淡看八州功绩有。叹新党寸光，民难聊生，为之鼓，九死一生依旧。平生磊落也。艰难困阻，都付月下半樽酒。便于此，耕东坡，学那老农，夕照醉倚垂杨柳。且放下，经国鸿鹄志，念如此山河，曾细品否？

临江仙·张玄墓志

二载书海求索，墨字偷换年华。依然初心寄古碑，竹管涂清宵，冷雨来相伴。

几度金农石如，重来张玄墓志。笔法精绝从头始。点画自兹变，纸上皆空灵。

临江仙（一）

四十年一身奔波，换得而今止水。且往禅定求后生，灯前闻墨香，小令若裁冰。

古今多少英雄事，转眼白云苍狗。暮云疾缓且随心，落入山岚处，全不见影踪。

临江仙（二）

范家高楼寄茶韵，翠林摇曳成荫。满院叠却绿苔痕。引吭清歌，唱与群山听。

山肴野簌杨梅醪，笑把禅意参悟。机锋直指最前头。桃花源中，有路暗相连。

满庭芳·七夕

云携钢翼，风冷轻衫，孤身初游异乡。归期尚远，树树对斜阳。枕醒云游三昧，望莹窗，满目沉沉。今夜是，寒风凉透，思心转几番。

纵目，摩天轮，江山万里，万里之外。重思叠念意，两处一般。谁家暗传琴音，婉转中，无限绵缠。天尚早，衣薄气寒，门外鸟飞疾。

木兰花·十九日晚车过南湖秋雨盛

雨狂桐叶瑟。风疾凛凛寒满袖。漫天一曲伤情歌，引得无数黄叶落。

湖径人寂柳条瘦。数点翩鸥曲桥后。别后清宵酒醒时，青春不觉已皓首。

南乡子·叶落

晨来微雨意，催得黄桐叶一地。霜重风寒新加衣，独立。已觉湖冷游鱼匿。

数语叮咛寄，不尽心思不尽意。雁去带走江南信，他日。为问秋深叶红透？

水调歌头·过徽州古城

闲游莫计划，兴来便驱车。轻歌多折长路，晚来驻屯溪。黎阳老街明月，酒家吉他慢谣，一曲醉四座。流连不忍去，古巷有遗韵。

标高风，许国坊，今犹矗。鱼梁坝口，自有清流濯我足。地灵人杰随处，故居丹青图画，一梦竟百年。归来摹其书，真有名士风。

水调歌头·赠宇霄

十三年遥忆，犹记雨潇潇。蹒跚咯笑斜行，仿佛昨夜间。四宇快意驰骋，九霄扶摇直上，望莫负初心。人生数十载，少年正启程。

驾快车，聆妙乐，抱小白。得意且尽挥毫，展七彩光阴。书却追梦雄文，且待快马加鞭，他日再登阶。回首青葱时，但向高峰行！

西江月·观音桥外栖贤寺

千丈绿流九叠，半弯古桥横驻。闲鱼往来俱随心。论甚风雨不定。

栖贤钟鸣清幽，二僧佛前吟经。万古悲情一时弃。管他兴亡作甚？

虞美人·雨疾

绵绵骤落江湖满，小城成泽上。雨脚纵横天地昏。不是寻常时候，易断行。

夜阑研墨浮闲绪，慢作寄思语。楼高慨感乱如风。吹落一窗灯影，自愁人。

虞美人·赋紫株

方竹寺前黄叶径，秋寒气肃杀。谁知深处有紫株，藏得满眼春意，无人晓。

折身慢把花来嗅，芬幽出兰汤。此处何劳许多香？三两枝儿俏立，便正好。

蓦山溪·胜利塔前观湖

湖涨夏潮，风欲携人去。翠林衣襟飘，浪激石、群鱼惊跃。晨来水上，浩渺连青山，渔歌里。人自在。独立小桥旁。正兴致好，临水眺远塔。晨曦添幽境，垂一竿、且待鱼来。曲径闲行，抛却俗世务，谈什么，壮雄志。独爱湖山美。

满庭芳

天末寒风，何如归去，君子罪其怀璧。世道多舛，不平怨常多。安贫舞文奔走，未曾借职揽富贵。岂不见，醉心淘金，多少无良律？如何？细思忖，人生无常，十占八九。看谣诼不绝，义而见疑。风疾当见草劲，应壮意，独立潮头。且传语，正义不绝，待前赴后继。

丑奴儿

后狂把真言吐，意何在酒？安保一法，暗指中原视眈眈。我愤登临锁江楼，潮头风急。待亮吴钩，利刃斩尽东瀛戾！

百字令

岁月渐老，且不如挥毫、忘却春风。才是花前共一笑，又到叶落时分。遗恨心结，怨辞齿冷，相弃各无言。一天冷月，寒露今宵凉彻。

最伤路见旧木，树犹如此，故人何在？无分共此婵娟，悔把兰襟柔结。愁绪尚重，翠影乱摇，无边添悲意。心有千语，千语知向谁言？

小令

茅檐数重，迎面山茶兀自红。漫随蛇径入幽境，蝶蜂嗡嗡，举目处，皆是青蔬。

浪淘沙

帘外风啸厉，冬意凛凛，羽绒不耐腊八寒。窗前调得暖意融，逗来花开。万绿丛中看，点点娇蕊，盈盈含笑分外红。连日不谙数九意，尽展艳丽！

如梦令

残荷已殒方塘，遗却枯枝恨长。遥忆盛夏日，也曾迎风轻扬。且待，且待，来年再续前缘。

采桑子

冬来甘棠犹清秋，水天辽远，素潭微漪。闲系轻舟半浮沉。举目且把新帆看，数声桨里，几曲渔歌。留得快意寄余波。

行思

一景便是万千景

同学老谢说，最喜欢的旅行方式就是找一处安静地，坐在躺椅上，一动不动看半日风景。

那些急匆匆要把一座城市所有景点都逛到的人，见到的不是风景，是门票，是团费，是景点。他们要验证和展示的，是自己到过了，如此而已。

世间的风景，何必求多求全？有时一滴水上，你就看见了整个宇宙，一缕花香，你就被万古真意陶醉了。大川名山雄浑，修竹黄花细腻，雨打芭蕉急促，雪掩红梅醒目，三月的春燕半空中的娇啼，子时的昙花无人处缓缓地绽放，在道之光辉的护照下，一切无分别，弱水三千，取一瓢饮足矣。

我们不要去寻什么价值，也不要悟什么生命，我们只要满足。这个世界早就是圆满的，无须你增添，也无须你删减，月乳风平，水秀山缘，万法通融，万般俱足。我们只需要接纳，尽情地，虔诚地，拥抱所见之一切。这一刻我们的心境，最像初生的婴儿第一瞥，纯洁无染的喜悦，一切物象静谧而圆满，都是永恒绝对的醇美自足。

白鹤观

庐山五老峰下，有观曰"白鹤"，久已荒废，罕为人知。今晨读黄庭坚《白鹤观》一首，乃知千年前此地极富出尘之趣。诗曰：

荒径行如错，蟠桃看转奇。鸟声人寂处，山色雨晴时。赊得渔翁酒，闲观道士棋。各种有佳趣，莫怪下山迟。

此诗之闲悠意境，最合我的调调，读来大喜。旅游不必远，同行不必多，三两同好，选僻奇之境，于错综山路间任意东西，不问去处，只贪看一路风景，疾徐不限，感万物萌动，见蟠桃满树，山色如洗；闻鸟声清绝，佳瀑似琴。极日远纵，半山竹木深掩处有道观飞檐；竹扉之内，隐隐传落子之声。此中佳趣，何忍而转身归？

庭坚一生奉轼为师，宦路亦受波及而坎坷艰难，今日得临白鹤古观，洗心净意，一时间真忘了熙熙攘攘，唯愿此生无功无名，闲似这芜野渔樵，仰饮杯中浊酒，贪看无边风月，无人知亦不愿人知，真乃合老子"小国寡民"之真义也！

康王谷记

　　谷中延绵 20 余里，于东北角入匡庐，至晒谷石下。其旁一水横溢，两岸乱石不绝，庐江也。仰而观杂峰束涧，如潜龙，如奔象，如钟鼎，如妙造，俱半隐于云雾中。沿溪数百步，有桃林夹岸，间遇小村、稻田、飞桥、竹篱，络络不断。老妇洒米逗鸡，牧儿竹笛抒怀，村犬来往迎人，家猫隔篱悄窥。谷中西侧峰峦亘叠翠，山壁怒起，中出一罅，有飞瀑数叠，泻流不绝，盖谷帘泉也。唐陆羽列此水为"天下第一"，亲题联句曰"泻从千仞石，寄逐九江船"。搜其左小径，踏杂草败枝，幽绝静谧，如行匣中，数步一折，不辨西东。至半山，仰看峰顶摩天，陡绝奇怪；俯视清泉挂壁，澈流喷涌。其中道为巨岩所阻，堆琼碎玉，荡摇心魄。而后水流分支数百，纷纷而下，远望似珠帘高悬。余于瀑下古亭小坐，石几冰冷，汲水煮茶，汤色碧清，香馨久聚，有浮云散雪之状，入唇而味柔生甘，五腑冽清。

有鹿回头

戊戌年六月廿三日，余自浔城过昌北，乘机南至三亚。应海南教科院之约，讲苏轼一节。毕，登鹿回头。

时已日斜，游人不减，竟如缕如织，皆欲览落日之胜景。初，山径起伏窄险，如龙蛇夭矫，两侧岩石叠代似倾，威逼悚然。纵目远眺，前路回环折曲，不可探其极。

复前行，路渐宽，乃策杖疾行，越大小峰峦五，过顺风台，赏鹿苑，乘滑道，观紫气东来，抚鹿回头雕塑，小憩于山顶花园，流连于北亭。意足，复沿竹溪，穿密林，一气未歇，直登其顶。是时山风清浩，遍身沁凉，悠然临岩，三面可俯观海涛奔涌，一方可低见灯火明灭，乃三亚绝美之城景也，非夜中登高而不可得。吾于竹溪复得旁径而下，见同心台，观四沿铁索悬连心锁万千，蔚为大观；仙鹿树挂红条千万，迎风飘展。其旁高立仙鹿树数株，下伏海枯不烂石，月老雕像驻杖低首，笑而不语。其时天亦透黑，吾憩于路旁小店，点小菜二碟，啤酒一杯，且啖且饮。店中亦经营民谣CD，歌者皆无名，然民间自有高人，其一为女声歌《灰姑娘》者，音韵极动听缠绵，一唱三叹，优妙悱恻，吾大爱。

饭后下山，路灯显隐，树木深郁，寂无人声，风过林，泉激涧，愈觉静寂，身轻升腾，思如云烟，殆非人间，已远于三界之外也。

橹断泉外

昨日值腊月初一，吾等八人游招隐泉、橹断泉、卧瀑、栖贤寺。

招隐泉上悬石屋庇佑，有茶圣陆羽为之背书，赞曰"天下第六泉"，然驻足者寥寥。橹断泉不过一泓，居于路旁岩下，水深一指而已，却有茶客静候，持大桶而待，桶中水仅存十之二三。余问之，答曰："已等四十余分钟，待水满而汲，汲尽复候，余者尚须二小时也。"余视其车上，尚有桶二，则盈之又须六小时，其之爱橹断泉也痴！

盖世之珍者，未必有高名，桃李不言，下自成蹊。客之爱橹断而弃招隐，乃重其质甘清而忽其名之不扬，此亦为妙人。

野茶树

栖贤寺外有观音桥，自白鹿洞循九星公路而南，穿五里公社，复折于西北，行数公里，可见之。桥下有巨石，曰"金井"。立其上，壑深十丈，激流奔涌，惊涛飞溅，骇动心魄。

其东侧蠢苍松一，下涌长流，即"招隐泉"，陆羽誉为"天下第六"。其源于龙首巨石，洁清无色，四季温恒，因富硫酸钙物，饮之甘洌。汲其水煮云雾细芽，出汤如碧，鲜美怡神，其香馨也久。

出观音桥，上行至太乙村。途中有野溪潺湲，其岸夹茶树数十株，幽远荒深，少有人迹，其枝叶无人打理，任其四蔓。偶有游人发现，驻足摘采，半日不过数两。置于上衣袋中，因贴身得热气，异香乃发，采茶者喜呼"骇死人香"。"骇死人"者，九江方言也，云出乎意料之意，乃以此名是茶，盖赞其味奇也。

康王谷的月

今夜在康王谷赏月。

赏月宜静，而后能得闲意。

其最妙处是初不得月。是时夜色不过微阴，四顾蒙蒙，溪头水声潺流，虫鸣间起。月也在等，等你的心彻底静下来，等暑气一点点消散尽，等鸟和虫都累了，云也再端不起架子解散开来，这时候它才突然出现。那么圆那么美的当空一轮，洞澈澄爽，望之而潇然自得，有心旷神怡之感。低头看水，水中又是那么圆那么美的一轮倒影，月在波间，一动不动，教人觉得生命中再没有丝毫的缺憾。我就在溪头静静坐着，一时已醉。

月是满给有心人看的。那些不懂月的人，他们只顾着人间的喧嚣周旋，纸醉金迷，笙歌燕舞，哪里肯匀些心思到自然中来？是以这边清风明月，曲水临流，欢而然而会意，那边却是饮酒歌呼，杂以箫鼓。

虽良辰佳月，固宜于高会，而静幽高远，犹归于闲人也。所以说明月和静，最好静至忘我，才是最佳的状态。

柴窑

那一天去景德镇浮梁古城看柴窑，我们一家三口每人做了一个碗，自己动手，妙趣横生。

在那家店的后面空地上主人还有一座柴窑，一个月烧一次，里面堆满了一面墙的圆柱形木柴，另一面架上摆着主人烧制出来的陶器。其中没有一个碗是相同的，形状全凭主人一时的兴起，高低胖瘦，釉色也分布得极其随意，十分的不均匀。他们不是金庸笔下的乔峰燕云十八骑，整齐森严，合起来就像是一把利刃，而是像极了黑泽明镜头里的七武士，各擅其态，有的代表智慧，有的代表武功，有的代表忠诚，有的代表乐观。这些器皿一点也不完美，谈不上任何精致，但它们就像那些生活在市井中的平民，像一部百年前的黑白片，浑身的每一个细胞都散发着岁月的沧桑与质感，内敛，丰富，深刻。

"我会在下个星期，帮你们把这三个碗烧好。"主人说。他在窑前和我们分享了他烧窑的经验。选一个月圆之夜，把润满了月光的陶胚送进熊熊的窑火中，让它们在那里交流，试探，交锋，融会。最后开窑之前，拔掉观察孔上的窑砖，伸一只手电筒往里面看，窑中的每一件器物都有了自己独特的釉色，它们静静地躺在那里，等待身上温度的渐渐消退。

主人把我们选中的几件陶器仔细包好，郑重地递到我的手中。把自己的作品交给别人，从一双温暖的手，交付到另一双温暖的手中，这里面有极深的情愫在流动。只有那些对待器物由衷地纯粹地喜爱着的人，才有资格拥有这些用心烧制出来的陶器。每一件陶器，都是一段光阴与思绪的凝聚，值得另一个人一辈子珍藏。

方竹寺的樱花

昨天微信里传说未来一周九江都会阴雨绵绵，见不着太阳，今天早上一起来，果然外面飘起了小雨。方竹寺的樱花开了好几日了，这雨一打，怕是很快就要落尽了吧？

下雨的时候是不适宜观樱花的，湿漉漉的，展不开自己的韵致。观樱花宜在晴朗有风的日子，寂寂无人的时候，静静地看，慢慢地想。

数年前的那个下午三四点钟时我们来到方竹寺，恰逢寺里晚课，几声清越的木鱼声响过之后，庄严低沉的诵经声如水一样漫过小小的寺院。几人坐在寺内右侧的伙房院中，蔓菁摆出了随身带来的古琴，摆在并不规则的石桌上，玉指冰弦，宫商略动意已传。子君借来沸水，烫壶温杯，一一奉上。茶未入口，一阵风起，樱花瓣瓣，缓缓旋落，飘落的樱花仿佛含羞的舞者，掠过人的发梢，恋上人的衣角，香了风，也香了人的心田。有几片落入杯中，其气若幽兰，其形如漂舟，浮在铁观音的郁香中，又格外增添了一丝飘逸清雅。低头轻啜，入口格外生津，滋味鲜爽，润泽心田。

这时再看头顶的樱花，数株排开，若屏障立于寺后，如同守护。到底是名山名寺，他处庙中都是金刚护法，这儿却安排了几株樱花相依，婀娜拔香，春风独扶，就是有些邪气，至此也该惭然止步了。

琴声还在继续，大家都不说话，有立有坐，或低头饮茗，或抬头看花，或什么也不做，一心沉浸在了音乐声里。我静静地伸出一只手，想接住一片飘落的樱花。果然不一会儿，它就飘落在了我的掌心，月白的花瓣透着娇嫩的粉红，莹莹清雅，纤尘不染，美得让人在一瞬间感觉到窒息。

不远处的诵经声还在持续，和尚们念经的时候专心致志，这一刻世界与他们无关。只是不知月色渐暗时，我们这群不速之客离开后，他们停下了诵经，跨出大殿的门槛，无数樱花突然从天而降，落满他们灰色的僧袍，那时的师父们，会是怎样的心情？

观寺

方竹寺是去过许多回了。

前几年有一日，来到方竹寺。那时候已过了樱花开放的日子，寺中游客稀疏，不过二三人。一片寂静里，殿外左右翠竹欲滴，光影扶疏。走在鹅卵小径上，眼前忽明忽暗，一时沉迷，竟忘了身处何方。

此时殿内佛号响起，一人之声，由低而高，由缓而疾，末至于飞瀑穿峡，耳不暇接，浑然廓然劲然，于空荡的寺院中激越流荡，又不失平和庄严。

我转身向殿门走去。门前一犬半卧，蜷腿于地，毛色暗黄柔顺，白鼻宛然，双目灵澈，昂头护佛。我心中犹豫，一时竟不敢上前。

殿内诵经之声停了，有僧人邀我进去。"这狗不欺香客的，但进无妨！"我点头，依言跨进大殿，里面书桌前坐着一位僧人，向我合掌微笑。

我见他面前桌上有宣纸铺开，笔砚俱备，纸上写了几行字，乃有疑问："大师也爱书法？"僧人笑答："并不懂，只在空闲时写几行，求个安静。"

我低头看他的字，笔画随意，浓枯互现，果然透着散淡闲适，甚是静谧。

殿内光线很暗，用它为背景，从窗内往外看，山中水汽沛然，山风轻柔，竹林微曳，层叠吟哦，越发碧翠怡人。

再远些是僧人自己种的几畦菜地，满眼都是绿，又自然又朴实又饱满。

山庄

下午五点，走进山庄，等待夕阳完成最后的仪式。

面前红枫恰好，浮萍正在努力。然后天暗了，下起了霏霏细雨，屋外一盏盏油灯亮起来。

我在重重的回廊中走，于寂寒的空气中听雨声的沙沙，一路幽光，昏明交接。扎着土布围裙的服务员和我打着招呼，引我进竹制的吊脚楼，端来温热的茶水。闭眼喝茶，昏黄的灯光照着，一群人在远处的大厅里聊天，有个人突然放声笑起来，吓了我一跳。

饭前在轩榭外刚看过水。水中立着假山，旁边是一整块石头凿空做成的鱼盆。据说是来自星子县的石头，山庄的主人买回来放在堂前。有一日黄昏，正在赏浮萍的主人看见石盆久积的雨水突然动了水波，几条小鱼跃到半空，振翅游动，如仍在水中，往星子方向起伏而去。山庄主人惊呆了。此时，一鱼摆尾回首曰："归去也。"山庄主人从此不养鱼，只种睡莲。

晚饭几道青菜相佐，却吃出了白米的香味，简单朴素，又自在闲适，我很喜欢。饱餐后出门，月已升起许久，院中洒满清辉。远处传来流泉呜咽之声，鸟鸣忽高忽低。右首有松林，涛声阵阵，在月光下能看见树影摇曳，若置身神境。

走进陶园

人的身体和精神，都需要一个后花园。在走疲倦的时候，或是沮丧时分，暂时抛却一切，收敛起愚蠢的野心和痛苦的煎熬，回到那里走一走，整理一下纷繁的人生轨迹和紊乱的思绪，在独处中静静地汲取过往的智慧启迪，获得人生独特的况味。于我而言，陶园就是这样一个地方。

陶园正门左手处书有许德珩手书"陶渊明纪念馆"几个字，许老的字用笔恣意，字势奇纵，意态险绝，惜乎"纪念馆"三字读来总觉有几分伧俗，我倒更喜用"陶园"代替它——想想当年陶潜隐居于此，心中所图无非是有一个可以安顿身心的小园，至于身后有无人来纪念自己，倒是次要了。陶渊明离世前曾作《自祭文》一篇，想象亲戚良友为自己奔丧的情景，葬己于原野之上，墓地素朴，不起高坟，不栽墓树。在他而言，生前赞誉都嗤之以鼻，又怎么会在意死后？最好是"视死如归，临凶若吉，怀和长毕"。

一进陶园的门，主干道面前迎面而来一座四角凉亭，亭子的柱子上一副楹联，右面：云无心以出岫；左面：鸟飞倦而知远。横匾：归来亭。凉亭横亘在石径中央堵住了去路，要继续往前走，你就非得沿台阶穿亭而过。我会心一笑，当年造园的主持者一定是一个有趣的人，他大概极喜欢"云无心以出岫"和"鸟飞倦而知远"这两句话，所以在路中央竖起这样一个亭子，是想要每一个来这里的人都必须读一读它："归去来兮！田园将芜胡不归？悟已往之不谏，知来者之可追。"

遥想渊明当年，清晨时分，在田间辛勤耕耘，劳作之余，偶尔抬头瞥一眼远处的南山，会心一笑。傍晚时荷锄而归，看一眼夕阳西下，弹一弹身上的泥土，兴致来了，随口吟诵，就是一首妙作，千年后还在被人们交口传唱。

失之东隅收之桑榆，陶潜丢弃的是眼前的官职，收获的却是永恒的精神了。就如陶祠所悬长联所言："弃彭泽微官松翠菊黄琴书而外醉三斗；开田园诗派情真词朴千百年来第一人"，真是写尽了渊明生命的价值所在。

从陶园走出来，红日接近西边的山头，万道霞光照亮了整个山坳。

门前有棵大樟树

旅社坐落在好汉坡的起点，缓缓悠悠地顺着斜坡建在一边，数间房屋随山势而有高矮，参差独立，各成姿态。晨曦早至，旅社里却静寂无人，朱门紧闭。二楼窗户半掩，帘巾迎风而鼓，风息而偃，如若寂寞曼舞。当头一株偌大的樟树，盘龙虬枝，健筋暴鼓，绿意醉人，上钉铭牌一张：门前有棵大樟树，这就是旅社的名字了。

虽是好汉坡起点第一家，但随着政府重修山路，由它右边另开了百余级长阶，游客改道，这里一下子闹中取静，隐在了角落里，脱离了人们的视线。

老人坐在旅社前，阳光正好，照在他的白发上，蒲扇上，实木茶桌的壶盏上，他斜睐着双眼，咂摸着绿茶入嘴缕缕不绝的香意。"生意还好？"我拍着樟树的枝干问。"什么生意？"他斜着眼睛笑看我。我悚然一惊，这老者开口就不凡，樟绿花开，生机勃发，意随云雾起，坐在这里，一壶可观千古，闭眼即是世界，管什么生意不生意？一树一屋一花一草哪里不洋溢着生意？

再看铭牌，一共四行，依次是：门前有棵大樟树；书吧；咖啡；客栈。看来代表自然的树比代表人类知识的书重要；而代表精神的书又比代表生活物质供应的咖啡重要。至于代表谋生的客栈，实在次之又次了。

隔着一排房屋，新道上爬山者人山人海，但山不是他们的，他们爬过了，到了中午，又像潮水一样退去，然后走路，驾车，独行，三五成群，又回到了红尘里。但老人始终在这里，品着他的茶，微笑，看山。这山，一直是他的。

我再看老樟树上那块铭牌，初生的阳光从一个刚刚合适的角度照过来，一下子点亮了它。

九峰寺

寺在山的极深处。

初冬时节，寒意封冻住了万物。一路沿着山路小径斗转蛇行，四周万籁俱寂，引得我的脚步也变得轻起来，唯恐惊动了这片难得的宁静。走得急时，偶尔轻轻地咳一声，便能听得见清脆的回声像一群黑色的飞鸟一样顺着凛冽的空气在山野间远远地回荡开去。

无数棵树在道路两边错落而立，绿黄夹杂。绿叶嫩得像是一碰就要滴出翠青的汁液，而正在枯去的枝叶却泛着一种奇异的褐黄色，枯脆的质地像是一层极薄的纸，一片片暴露在风中瑟瑟抖动发出哀怜的声响，你想去抚慰一下它们，却又迟疑着不敢伸出手去，仿佛一触碰，它们就会碎成屑片，教你后悔都来不及。

但就是在这样的寒冷与肃杀中，山中的云雾茶树却还顽强地开出许多野茶花。茶花黄蕊而白瓣，雅致地拢成杯盏的形状，掩映在茶树青绿的叶间。它们时而并肩而立，默默依偎着共同对抗着山间的寒气；时而遥相呼应，在不同的枝头倾诉着对对方绵绵的情意；时而簇成一团，像一群调皮的姑娘，叽叽喳喳闹个没完。有了它们活泼的点缀，这除了寂静还是寂静的山野突然不再那么单调了，空气也不再那么冷冰冰了。

就这样走了许久，九峰寺出现在我的面前。

寺庙极普通，从侧面望过去，如同山间的一栋再寻常不过的两层民居，并无寺庙常见的重檐斗拱，也不见山门，更没有钟楼鼓楼，一切简简单单。

远远地一位老僧沿阶而下，手挂一根紫竹杖，头戴着宽大的毡帽，一身灰棉袍，打着绑腿，穿一双老布鞋，像是从一幅古画中走出来。

数句寒暄，别过老僧，我拾级而上步入庙门。寺庙极小，但佛韵十足，正门外一条溪涧沿庙而过，庙门与对面山岩中间拱起一座年代久远的石桥，青苔遍生，绿植掩映。宝殿中数缕青烟缭绕，几声佛经低吟。正中一尊菩萨宝相庄严，面上写满了慈悲与不忍。

拜过佛后，我出了大殿，绕到偏房，这里是寺院的厨房，一位中年僧人正站在水池前低头洗菜，听得有客来，连忙关上了龙头，向我合十招呼。待见过后，他明白我要拜谒果一大师墓，便微笑着用平缓的声调详细向我指明了方位，又唯恐我找不到地方，干脆放下没有洗完的青菜，亲自把我送出庙门，站在青石台阶上指点我如何上山如何拐弯，如此这般地讲了一大通，脸上始终挂着笑意。

与僧人别过，我慢步来到果一大师墓前。墓地十分简单，舍利子存放于石塔之下，周围立一圈石栏，塔后是一座石碑，碑文由现任的东林寺方丈撰写，因年代久远，石碑正文已然是漫灭不清，两侧的对联也已看不清楚，只依稀看得出上联以"果"开始，下联以"一"启下。墓地上没有任何供奉，跟前没有香烛，两边没有植树，这样的简单，我想应是老和尚自己的意见，暗合他一贯的简朴洒脱——四大皆空，万物不惑，除佛法之外一切无不可抛。

拜过了，念过了，转身再看身后的青山竹林，风景如画。

隐

到了黄州才知道，当年苏轼的东坡雪堂，现在已经是烟草局的办公场所了。可见沧海桑田，世事变幻。不过无论如何，雪堂是不应该忘却的。

苏轼曾作《江城子》，我最喜这几句：走遍人间，依旧却躬耕。昨夜东坡春雨足，乌鹊喜，报新晴。雪堂西畔暗泉鸣。北山倾，小溪横。南望亭丘、孤秀耸曾城，都是斜川当日境，吾老矣，寄余龄。

大梦谁先醒？平生我自知。都已劫后余生，还有什么放不下。于是卸尽利禄功名，这时候耕地是耕地，收成是收成，风景是风景，山水是山水。人间走遍，往事不堪，如今只爱东坡。醒来看春雨喜人，听乌鹊鸣声可爱，北山未醒的姿势横斜慵懒，环绕的小溪温柔陪伴，有亭丘，有卧榻，有轩窗，有风来，还有什么不满足？够了，够了，47岁，拥雪堂，看窗外风景，地里面有麦子，朋友们都还在，就这么老去，也很好。

1880 年，法布尔用半生积攒的一小笔钱，在乡间小镇塞里尼昂附近购得一处坐落在荒地上的老旧民宅。在这里，他孤独、自在、欢悦、清苦、平静、安详地度过了生命中的最后 35 年，写出了《昆虫记》。一百多年后的今天，我还常常读它。

人生贵在清欢，心安处即是归宿。

骑谒苏公祠

那天上午，随国学研修班的大部队去参观海博之前，我独自一人骑车先去了苏公祠。像是去赴一个约定，一路上怀揣着欣欣的期待。

海口上午的阳光温煦和暖，两棵椰子树浓密的树影倒映在浮粟亭中。小径上落满了黄叶，踩上去发出沙沙沙的清脆的碎裂声，寂静说不出的好。

我纵目看祠堂背面的小山，听到一种奇怪的声音在缓缓流荡，最初还是很微弱的，随着凝神，它一点点地清晰起来——那是风和无数叶子的唱和，歌声漂浮在浮粟泉面，又把身体隐藏在洗心亭中，实在是有点神秘又很有意味。在异域风情的四月的清晨里，城市一下子远了，于是索性坐下来，长久地静静地听，浮想联翩。

粟泉亭的店主在帮游客砍椰子，直接从亭子右边的椰子树上砍下来，除去头部的硬壳，插上白色的吸管，那铁刃与椰壳相触之声，埋头汲品椰汁之声，教人听着越发遥远了。

宋哲宗绍圣四年，苏东坡在惠州接到调往海南的诰命。当时琼州百姓多饮咸积水，久而易病。苏轼滞留海口驿站期间，发现了城墙东北角的两处泉眼。于是他教导当地百姓掘井之法，并亲自"指凿双泉"，命泉名曰"浮粟"，其水味甘美，源旺盛，于泉水边踩脚或击掌，便有许多小泡浮于水面，形如粟米。此泉无论冬夏，从不枯竭，取水泡茶更是清甜可口。

我在泉边坐了许久，想这"指凿双泉"的"指"是何意？苏子亲自挥锹动土？抑或选好地方，抬手一指，让工役于此处开挖？我想该是后者，那挥手间的潇然，才是苏子灵性与洒脱的最好写照；但我又觉得前者也不错，贬到了这样的地方，索性除去长衫，拿起铁锹做一个劳动者，也算大彻大悟改头换面，挺符合苏轼达观的个性。

不管是前者还是后者，我最佩服苏轼的，还是他在多年的贬谪生涯中，始终心怀百姓。为官一任，造福一方，说者容易，能行者寥寥。道德文章各有千秋，但心怀苍生的仁慈才格外动人，想到这浮粟泉本不是景点，而是当年东坡贬谪路上的一项民生工程，我的心一下肃然起来。

龙泉精舍

是时天气晴好，气温恰适，自索桥入，过铁门槛，攀窄径，歇于杜宣亭。亭下山风唰唰，巨岩磊磊，急湍奔涌，怒难以遏，久之心魂振荡，涤除凡俗，隐然有出世之意。

而后沿鱼肠石路九绕之，于太古遗音前一路向下，见爱池。水深数丈，碧可见底。石砌小桥，池水满溢，自桥下穿越，宛若银龙摆尾，昂首疾行，沿山势而数曲，明灭可见。西南一瀑高溅，碎玉飞沫，日光染色，斜风助势，若仙人翻其樽中酒，醉人眼目。

而后拾级而上，登临龙泉精舍。此处背山面水，清幽绝伦，乃当年慧远大师清修禅学之地。寺前修竹萧然，争高直指，左右摇曳，状如穹顶，三面环护，八方成林，若万千金刚，敛却威严，于隐中护佛。

此处地势佳绝，惜乎庙宇陋简，未成规模。远公堂内，未见慧远像，却立观世音金身。对面堂中，供奉二米长之木雕飞龙，虽眉须俱见，盘虬劲越，是雕中精品，然供奉于此，不知何意。其左书架置佛书百余册，可随有缘者翻阅带取。余取一册，乃有书脊丝线绕书架，拉而不绝，知是天意，不可贪携，遂立于架前，读二章而复回置于书架。

出殿门，左侧见僧人劈新鲜竹笋晾于墙角，一半尚余水分，其状鲜嫩；一半已然干透，望之颓然。新旧宛然，鲜老共存，忽大觉其中生命之真义。佛法云不起分别心，不着是非相，非教人忘却眼前鲜活细节，乃寄望人于静默中洞见诸法相之分别，察死生，悟繁枯，觉真假，体深浅，深自领悟，而同时刻于第一义毫发不动，知宇宙之真谛，此乃我佛慈悲，容纳万物。

思毕，再看眼前之竹笋，方悟寺院虽小，无物不佛法也。

奇美康王谷

教书二十年，课堂上把陶潜的《桃花源记》讲了快十遍。每次吟咏到"林尽水源，便得一山，山有小孔，仿佛若有光"这几句时，眼前便不由自主地掠过星子名胜康王谷的影子。康王谷又称"楚王谷"，据清同治版校点本《星子县志》载："昔始皇并六国，楚康王昭为秦将王翦所窘，逃于此，故名楚王谷。"由此看来，康王谷的历史已有两千多年了。

前几日得闲时，有幸又与三五好友相约再游了一次康王谷。

是时天公作美，云淡风清，凉意习习，我们自高速而下，一路绿水青山，宛若图画中，地方还没有到，似乎人就已经醉了。在长弓老弟的指引下，我们顺利地驶进了位于康王谷入口处的"观口"。才前行了不到 500 米，长弓的车突然停了下来。"下来下来，"他来到我们面前带着急切和神秘的表情，"此处风景最美，不可不看！"我们相视一笑，明知半路停车不守交规，却都随心所欲了一回，两部车子调皮地堵死了山路，大家伫立在溪水边，极目远眺。

但见前方的路一点点窄下去，蛇一样蜿蜒于谷底，一直延伸到不可知的深处。两边是巍峨葱茏的山岭，满眼翠绿中间或有几棵红枫艳艳地点缀，中间一条山涧，涧边草繁树茂，花团锦簇。水流清冽湍急，下可见石。涧水随地势忽高忽低而时缓时急，巨石隆起处激起莲叶大的浪花，潺湲若歌。成群的游鱼穿梭其间，往来翕忽，倏尔远逝，或游或停，生气十足。

位于观口的溪水旁，有一座小山高不过 400 米，却被这一带平坦的地势一下子衬了出来，显出一副伟岸突兀的模样，那就是大家嘴里常说的桃花尖了！熟悉当地情况的朋友告诉过我，桃花尖面积约 800 余亩，漫山遍野植满了桃树，春季桃花盛开，格外烂漫醒目。眼前虽然早过了桃花盛开的季节，但深深吸一口气，似乎还能嗅到桃花谢后留在山地间的清香。

观口前方道旁，有一老松，不知几千岁了，其干盘曲，若佝偻偃伏状，中间镂空了三分之二，作出一副苟延残喘的模样。可是再往上看，却又一点点精神抖擞起来，劲枝盘旋而上，松针青葱，树皮光滑，散发出银白色的光泽。前方突然传来了急促的鸣笛声，原来是有车要出谷，被我们堵住了去路。几个人挤眉弄眼吐了吐舌头，连忙钻进小车让开道路，待来车离开后我们继续前行。

一路小溪随车如玉带飘飞，溪水潺潺若古音缭耳，溪边遍植佳木，树高五米以内全是光溜溜的，一过五米陡然生出无数枝丫，树叶葱郁，宛若伞盖。深处有好鸟跳跃，俏鸣于树端，百媚千柔，嘤嘤成韵。两岸村落散居于山间，田畴如画，村烟袅袅，民居青砖黑瓦，朴重而绝无修饰，不知在那里静立了多少年，使人有遗世之感。有些人家用山间捡来的石块垒出了院落，随意种些花草，借了山水的灵气，果实累累于枝叶之上，蝴蝶蹁跹，蜜蜂嗡嗡，都是一派生机，好不繁忙。

到达山谷的尽头，我们下车右拐，折入一条山路，拾级而上，道旁树木扶疏，品种渐与山下有异。转过一座山后，视野突然宽阔起来，阳光从头顶直射下来，照亮了山间荆棘密布的疏林，衬出半山间几株奇异的金银花树来！在一片墨绿之间，密密地点染着金银两色，洁白胜雪，明艳耀眼，散发出生命的蓬勃与热烈。一簇簇金银花蓬蓬炸开，目之所及，一大片一大片眩人眼目，花茎都被这些花压得弯曲下去，像是撑不住这许多花的重量！而就在它们的身后，"谷帘泉"露出了真容。

只见前方山顶像被巨斧劈过，露出一处洼口，两块巨石相夹，宛若一个巨大的紫砂壶伸出它别致的壶嘴，素绸一般的悬泉就从这壶嘴间垂直飞泻而下，如素如练，打在山崖间突出的石块上，水声轰鸣，壮似雷鸣，水花飞溅，珠分玉碎，散开的水珠好似万斗明珠当空泼出，在阳光照射下，映射出五彩光线，奇异夺目，蔚为壮观。撞碎的冰绢几经折叠后又散而复聚，继续向谷底跌落，从危岩间一路急奔最终落入最下面的巨石之上，发出洪钟般的吼声。而后它平息下来，像是完成了自己的使命，心满意足地缓缓汇入幽碧清寒的潭水之中。

据《桑记》载：谷帘泉之水"出自大月山下，由五老峰东注焉。袅袅而垂练，既激于石，则摧碎散落，蒙密纷纭，如雨如雾，喷洒二级大盘石上，汇成洪流，下注龙潭，轰轰万人鼓也"。古人所记，寥寥数语，道尽了谷帘泉的极致之美。远观悬泉瀑布，我久久不愿离去。遥见瀑布与潭水之间，半隐着一座小亭，名"观瀑"，四角四柱，立于危崖之上。我仿佛看见了陆羽、朱熹、苏轼、陈舜俞诸多文人雅客流连其间，山肴野蔌，煮茶饮酒，把山光水色借来吟风弄月，醉后掬泉眠石放荡自达，随心所欲的感觉好不快意！

奇美康王谷，名不虚传。

千古慧远

唐代诗人白居易有《游石门涧》诗曰：石门无旧径，披榛访遗迹。时逢山水秋，清辉如古昔。常闻慧远辈，题诗此岩壁。云覆莓苔封，苍然无处觅。萧疏野生竹，崩剥多年石。自从东晋后，无复人游历。独有秋涧声，潺湲空旦夕。

诗中提到的慧远和尚，是净土宗一派鼎鼎有名的高僧。东晋太元六年他途经庐山，见此山北临扬子江，南达鄱阳湖，姿容神秀，云雾缭绕，于是在赛阳石门涧下筑龙泉精舍，长期隐居于此讲经布道。《庐山志》载："远公有精舍在石门""南太元中沙门释慧远所建也"，说的正是这段史实。

山因人而重，景借名而传。可以说，石门涧如果需要一个标志，那就该是慧远的思想精神。

慧远佛教思想最大的学术价值在于对儒派和道教的开放态度，他一生讲经，都是致力于"百途而同归"，主张"内外之道，可合而明"，"虽曰道殊，所归一也"，"苟会之有宗，则百家同致"。和理论思想相契合，慧远在日常生活中时常偕儒、释、道、18高贤遍览山水，精研佛理。龙泉精舍里总是高朋满座，高僧、道士、儒士相对而聚，或谈玄理，或论世事，或赏奇景，妙语连珠，其乐融融。

古往今来，人类创造出了百门千类，哲学思想、政治思想、经济思想、伦理思想、社会思想，门派林立。大家各自拘泥于对浩瀚宇宙的一知半解，自以为智珠在握，睥睨众生，唯我独尊，甚至相互为战，口诛笔伐。西方俗语说人类一思考上帝就发笑，其实任何思想在诠释宇宙玄奥上总有其局限性和片面性，固执于己见，必将管中窥豹。这一点，早在 1600 年前，安坐在石门涧讲经台前的慧远和尚就已经彻悟了，他用不执的豁达，致力于虚纳融会贯通，最终做到百家争理，万法一统，三教一体，九流同源。

虽然数十年如一日隐居山林，潜心佛理，但是慧远并非是个苦行僧。他热爱闲居的生活，常在青灯黄卷之余寄情山水，对生活琐细末节也有着浓厚的兴趣，甚至还亲自种植了一片茶林。东晋时庐山一带野茶虽丰富，但那些茶叶叶形粗糙，入口苦涩，难有回味。慧远爱茶，于是他在石门涧中选择了一片带有自然堰口的荒地，精心移栽庐山峰顶茶树，借自然堰口"茶园堰"里的山泉精心浇灌。两年后茶树长成，慧远亲自采摘茶叶，采青、杀青、揉捻、干燥，制成茶园第一捧新茶。那一日龙泉精舍外春意融融，四顾一片碧色苍苍，慧远法师邀请好友刘遗民、周续之等一众高贤前来品茶。众人但闻一股幽香自杯中沁出，丝丝缕缕，沁人心脾。掀盖观之，茶色如碧玉清亮，光泽清幽，低头一呷，清爽回甘，余香回绕，良久不绝。众人赞叹之余，纷纷向慧远请教茶名。慧远笑答："茶香，茶甜，茶幽，不过是诸位五蕴中的受想，执着于受想，便有了垢染沦为五浊，若诸位能把五浊变为五净，那就如登西方极乐世界了，所以此茶不妨取名叫五净心茶。"

现在在石门涧的入口处还有苍苍一片茶林，清风拂过时，茶树微微俯仰，吟哦有声，仿佛还在传唱千年前的那段精彩绝妙的茶前论道。

慧远在石门涧讲经台讲经说法，一住就是九年，直至公元386 年江州刺史桓伊为他修建东林寺后，慧远仍然不定时地前往龙泉精舍和讲经台，可见他对此地的深厚感情。

　　龙泉精舍因年代久远，几经兴废，现存建筑是 2004 年兴建落成。在它的不远处是慧远法师的讲经台，其上刻有"我是谁"三字，玄妙莫测。

山脚半日

在山庄用完午饭，我与内子沿后山小径攀登至山顶，远眺碧潭对面，飞瀑如雪，白浪隐隐，瀑声哗喧，奔雷滚滚。村中学生无事，三五结群，在瀑间或立静思，或蹲戏水，或卧沐阳，或聚私语。在他们看来，或以为这一切不过平常。然而若把这些照片拍下，拿给城里的孩子们看，对方一定羡慕得要惊叫出声来。

对面的水坝上，有几个学生不知如何攀缘到中间部分，坐成一排，从另一个角度看下面的其他孩子戏水。水坝宽阔巍然，孩童小如硬币，远看乃有叹人居宇宙间之渺小微薄。

说起看水，城里也有水。滨湖公园一带，骑着哈罗单车往小坝外看去，也可以看甘棠湖水在三月的春风中泛起鱼鳞般的波纹。但我仍以为不是庐山脚下的水，看了也是白看。

我们继续在竹林中漫步，石牛山的风景极清静，眼前一片苍翠。

下山的时候经过农人的菜地，边上开满了嫩黄的油菜花，远处的五老峰正笼罩在淡淡的烟云中。

石门涧

进入石门涧景区，先得跨过一座铁索悬桥。这仿佛是一个意味深长的隐喻——从城市进入风景，由平淡转向神奇，桥那边的风景同时发出了天界般炫目之光。脚下的桥作为一种隐喻，改变了石门涧的自然属性，赋予它们一种令人目醉神迷的品质。偷得浮生半日闲，石门涧就是这半日最好的寄托。

这是南方夏季三伏中难得的一个清凉的周末早晨，穿着短裤，轻薄的 T 恤，还有几乎没有重量的皮包，包里是一瓶水，一条毛巾，一把车钥匙，我在铁索桥上回头，向现实缓缓地招手。然后走向对面的风景，如同朝圣。风中的每一粒空气因子都带着芳草的香气，我闭上眼睛，感觉到万物俱在歌唱舞蹈。一山谷的绿色，一山谷的寂静，一山谷的无所用心。今天，我休息，今天我很快乐，像风一直在哼一首来自天外的歌，像鸟一样在遥远的高空缓缓扇动着精巧的双翅。我在扎满了代表虔诚愿望的红绸带的栏杆前长久停留，对面是一个"空"字，脚下写着"我是谁"。阳光一大片一大片地洒下来，照在这些似懂非懂的文字上。来这里祈愿的人们，闭目合掌，喃喃有语。他们在说什么呢？谈自己的工作？爱情？还是残留在心中尽管褪去了颜色却还坚持着不忍离去的那些理想？也许仅仅因为这个周末如此美好，他们需要低头许个愿。

在这里把心情放空，忘掉所有的烦恼、不堪，然后轻装上阵重新开始。他们奔跑的心都有些累了，但生活还得继续，这样的心，年轻、单纯、简单，在大都市里拼命地跑着，一心想去捉住某条幸福的尾巴。在城市混浊的风中，幸福躲在哪里呢？

在写着"喷雪奔雷"的高岩上往远处看，城市在飞溅的瀑水中摇摇晃晃，似真似幻。

海博一幕

中午一点，博物馆里寂静无声，我在幽黯的展厅里走，音乐声音突然从黑暗深处响起来。穿过一扇门，进入一段历史，然后从另一扇门离开，告别一个时代。

在环形巨幕电影之下站了半个小时，看了三遍电影。幽蓝的画面背景最适合沉思，每次放映后有五分钟的空歇，这当中有几盏射灯在边上悬着，各自照亮了一小处地方，驻足在这些光亮处，集中目力，看无数细小的灰尘在光里徒劳地飘浮旋转，最终缓缓落下。

这时从南海沉船里打捞出的人头石像出来了，微闭双眼，帽冠斑驳，鼻下的阴影以一种不可思议的角度在延伸，像是有说不完的话，一下子忽然不想说了，沉默下来。而在墙上的船模下，突然有了海浪的声音。那是来自历史深处的呼啸，汹涌的潮水在博物馆中最终消失，留下这座骨架。

把一艘劈波斩浪带着鱼腥味的木船挂在墙上，很煞风景，但壮阔还在。我从一排排修复好的文物面前走过，像是在检阅一场海难。当年的那些船员一定有些话，许多思考，在那个风高浪急的夜晚，来不及说出来，只能托付给这座石像。但现在连石像自己，也不愿意多说，它只在聚光灯下静静地坦露着，沉吟不语，纤毫毕露。那夜的骇浪，桅杆碎裂的声音，倾侧，徒劳的疾呼，伸在海面之上的一只右手，都存在额头的锈迹中，让你们自己去看。

蛤蟆街上寻水煮

周六上午继续在省教育厅会议室开教材编写研讨会。讨论到了中午12点，主办方在教育厅食堂安排了中餐。凡食堂里的饭菜我皆不感兴趣，理由是"嘴里淡出个鸟来！"于是借故逃遁，直奔蛤蟆街。

大约1年以前，一位在南昌读过大学的学生在朋友圈里发了几张照片，回忆当年大学读书时吃过的小吃玩过的地方，讲的就是蛤蟆街。这条街的名字着实古怪，南昌人的思维其实很神，举个例子，当年我读到"绳金塔"这三个字的时候，就很被它雷到了！如今这蛤蟆街也有异曲同工之妙，让人过目难忘。

省人民医院站下车后，我七问八问的一路寻找过去，初在大街上，车水马龙熙熙攘攘，后来向左一拐，街道变窄了，人也没有刚才那么多，两边都是些没经过修缮的老房子，乌漆墨黑的，显出一派惨淡的模样。我有些狐疑，正怀疑自己是否走错了路，眼前突然闪出一张大牌子：豫章后街。我顺着它向右一望，知道蛤蟆街到了。

眼前的蛤蟆街让我大失所望——传说中的美食一条街，不过是一条破破烂烂的陋巷，而赫赫有名的英嫂小吃，连九江的大排档都不如，简直就像是等待拆迁的老屋，门面窄小，门头简陋，里面横着竖着乱摆着几张桌子，杂乱无章。我走在里面觉得没地方放脚，赶紧地往楼上走，谁知楼梯也那么逼仄，脚下的油渍很厚，滑滑的粘脚。上面依然是几张破桌子，窗户紧闭，墙上满是污渍，墙角边堆着无数杂物，几张旧广告纸斜贴在墙上，也不知几年了，全泛着黄。玻璃上用粉笔写着一行大字：南昌8度

7元！排气扇似乎从安上去后就没清理过，黑黢黢的像是长了一身毛。

我有些意兴阑珊了，拿起菜单无精打采地点了几份菜，吩咐给伙计。一会儿工夫，一大碗水煮端了上来。我挑了一块洪濑鸡爪入口，眼睛一下子直了！果然是好吃！鸡爪油炸过后又接着煮透了，一咬，吱吱有声，真正是入口即化，肉骨分离，异香溢满了整个口腔。接着又吃羊肉，脚板，萝卜，薯粉，经卤水老汤煮过后，都热气腾腾的带着一股醇厚的香气。一顿饭吃下来，不觉辣得已是一身大汗，真正感觉到淋漓尽致！

我靠在吱吱呀呀的椅背上，在吃饱后的微醺般的心满意足中打量眼前的英嫂小吃，高手在民间啊！他们一辈子专攻一项活，把它钻研绝了，成了绝活。然后心里就有了底，悠悠闲闲地把日子过着，也不求大富贵，不让自己太累着，但这摊生意在手上，谁想抢也抢不走——名气摆在这里，味道摆在这里！牛啊，真牛！我边想着边笑了起来。

第六泉

庐山栖贤寺旁观音桥下，有泉曰天下第六。今日之名胜幽泉，动辄以"天下第一"自诩，此泉称"第六"，自有其心胸境界。其泉出于深山，水尤甘洌，配云雾茶苗，多饮而身轻。吾于8月24日晨游此处，作《西江月》一首记之：

百里森秀青翠，观音桥下镕金。秋风山林起如新。世务何须当真。洞里古泉堪掬，壶中茶醇笑饮。人间万事俱缈缈。管它沉浮作甚。

杂 感

狗

　　两个人从楼里冲了下来。她蹲下身子往草<u>丛</u>里看。到处都是水，盖着的被单湿透了，雨从被单浸下来，垫着的被子也湿了，大狗一动不动地卧在下面，身上的毛被雨打湿后一绺绺地粘在身上，不停地打着抖。它身体下面是那几只小狗崽。她赶忙伸出手去抱其中的一只，一下就捞了起来。大狗看着她手上的崽子，呜呜地叫着。小狗崽在她的手掌上软绵绵地蜷着，她用手帕一点点地擦它没有毛的光溜溜的身体。

　　雨从伞沿哗哗地砸下来，地上的水积高了。他撑着伞，看着她在伞下忙着。天地在雨中静下来，时间过得很慢，他觉得像是过了一辈子。最后她擦干净了小狗，抬头看他。他把事先清空的书包打开，让她放进了小狗。他俩都小心翼翼的，像是在照顾一个刚刚出生的婴儿。她抿着嘴笑了，他也笑了起来。

　　两个人面对面看了彼此一小会儿，一阵闷雷轰隆隆传过来，雨下得更大了。

排练

在崔安姬导演的安排下，南湖红船组请来九江市著名老艺术家胡丽芳老师为大家细讲一遍戏。

现场的每一个演员都是激动的，感受到了巨大的脱胎换骨般的收获。是的，在愉快的激越的忘我的氛围里我们完全忘却了时间，在胡老师的激情的带动下，我们忘却了时间，忘却了自己，忘却了环境，发了疯一样，一个劲地喊啊、叫啊、跑啊、挥手啊，全部沉浸在艺术最真诚的展现中。这是一次精神的洗礼，一场文化的盛宴，我最近距离地感受到舞台的艺术魅力，感受到老一辈艺术家精益求精的人生态度，更感受到立志传播人世间真善美的伟大人格力量！

应当怎么来形容胡丽芳老师的指导？

像是一股柔和的春风，吹开了大家拘谨迟钝僵硬的身体；像是一句佛教高深的偈语，点醒了大家自以为是故步自封的陋习；像是一首劲爆的热歌，点燃了大家澎湃热烈的激情；像是一位部落的神秘巫师，带着大家一起放开了自己，进入文字和动作最原生态的初始体认！

这是一个难忘的夜晚——

最开始胡老师闲坐着，有一搭没一搭地与大家闲聊，说话的声音特别地轻柔，而后她突然开始动了。

她开始大声地讲戏，"记住，"她站在台阶上，居高临下地，语重心长地，一句一句地叮嘱大家，"用你们的心，用婴儿一样纯洁的感情，去体验诗歌里面的含义，要去感受革命志士的刚健，大无畏的精神，自信，勇敢，进入他们的心灵深处，把你们自己的身体融进去，丢弃掉你们的柔弱，优雅，公子哥一样的闲散，你们不管是在走，还是在跑，还是在说，还是在打手势，记住，你们是一群革命家！"

接着她做起了示范，喜怒哀乐在她富于表现力的面庞上轮番展现，她的身躯像迅猛的风在场内疾走，奔跑，大幅度地转身，抬头，挥舞手臂呐喊，绷紧身体颤立着，矫健地跳上台阶，展现出与她的年龄毫不相符的激情。我们的慵懒松垮一瞬间被她击穿了！

于是大家开始围成了一个圈，走路，跑步，跳跃，一会儿慢，一会儿快，一会儿停下来，一会儿举起手，一会儿后退，一会儿前进，我们越走越激动，越跑越快捷，变得意气风发、豪气干云、指点江山、挥斥方遒！除了感受语言还是感受语言，舞台的位置，变化的动作，彼此的配合，都不需要预设，不需要机巧，就让它在语言激起的情绪中自然而然地生成，一切都是一个整体，一切都是源于心灵的最真的感动！

我们一下子回到了那个战火纷飞的年代！发出了属于那个时代的最强音！革命的第一声初啼，在大家的表演中完美地呈现出来。

不，这还不是全部的收获，在导戏中，胡老师还跟大家谈到了信仰，谈到了宽容，谈到了爱，还有环保、教育、社会，这一切的一切，都是有价值的。与精深的艺术涵养相比，艺术家胸怀世界的精神人格同样弥足珍贵，对后学者来说，同样是一笔宝贵的艺术财富！

我们晚饭后走进同文书院，出来时已经夜阑人静满天星斗。预备两个小时的排练，在浑然不觉中，最后足足花去了四个小时！真是无比美好的四个小时！

驶进心灵深处的那条红船

《南湖红船》是市里七一歌咏比赛的第一个节目，我们花了一个月的时间去打磨它，同时被琢磨打造着的，还有我们的精神和灵魂。只要我们带着一颗诚恳的心去做一件事，无论大小，行进的过程都是一种自我的修行，做到最后，你收获的不仅仅是事情本身，更多的是心灵的完善和成长。

艺术的魅力就在于它是灵魂间的交流，绝对真诚，足够深入。在词与词之间，你咂摸出来的是情感的喷发，是真情的流露，是比现实更夸张从而更接近现实的展示。当你敞开了自己，解下了矜持老成的面具，放下了现实生活中的纷扰，一心投入文学作品本身的节奏与韵律中去的时候，你最终会走进一个慷慨激昂淋漓尽致的艺术世界里，彻底放松自己以至有一些肆无忌惮的感觉，你会更深层次地认识你自己，你会挖掘出掩藏在身体最深处的自我，发现自己从未发现的长处，从而变得更自我，更自信。

与此同时，我在生活的其他方面也开始对自己有了更高的要求，变得更主动，更有想法，也更坚韧，懂得为一个美好的目标持之以恒地去奋斗。我明白了生活不仅仅是柴米油盐，还有诗和远方；明白了人生很短促，有些事你想到了就赶紧去做，你再不做就会在单调重复的生命中遗失掉它，最终留下遗憾；明白了自身的潜能是可以不断挖掘的，在没开始做之前永远不要想放弃；明白了生命的壮美之处不在于休闲自在，而是中流击水对酒当歌！青春如果不能热烈得像火焰一样像奔流喷射的熔岩一样像飞泻而下震耳欲聋的激瀑一样，那还有什么意思？

揭辉明师傅二三事

上个星期的一天，我中午下班从南门出学校，遇见了保安揭辉明师傅。他喊住了我，两人聊了几句工作上的事，临别前他紧紧握着我的手，笑着说做完这个月的工作他就不再做了，要回家休息带孙子。"今天正好碰见你，跟你说一声，算是提前告个别。"他一边说一边笑，脸上满溢着真诚的热情。那一瞬间我才知道为什么他会叫住我说话，我很激动。在同文工作 20 年了，揭师傅是我见过的最称职的保安，也是我见过的最热情的员工，他的离职让我感到格外的不舍。

揭师傅要走的消息这几日慢慢传开了，从昨天晚上开始，学校的微信群中开始有不少老师自发地陆续与他告别，大家的留言都非常真诚感性，发自内心地感谢辉明师傅几年来为同文做出的服务。这样好的口碑，辉明师傅当之无愧，因为他就是这么一个优秀的人。

哪怕只有几天就要离岗了，辉明师傅的工作不见一点松懈。他在南门站岗，在学校巡查，登记来访人员的信息，搜集迟到学生人数，不管你什么时候看见他，他总是在忙碌着，没有一刻休息。昨天下午我进学校门，他还拉住我，带着我去看南门头右上方贴着的那块写着"南湖路 34 号"字样的门牌。"这块牌子太旧了，中间都有了裂纹。你看旁边小雨点这样的商店门牌号都是新的，我们同文中学的可不能旧！这么放下去等到校庆的时候校友们来发现了可就不好看了！"他有些激动地说着，根本没觉得这本不是他保安工作职责范围内的事。我想这就是辉明师傅，这就是他的风格！在他的眼里，他就是学校的主人，这里的一切都跟他有关系，他都得全力以赴地去管。

这样的精神就是主人翁精神。我们身边有很多人习惯一边喊着口号一边把它们置之脑后，而揭师傅是身体力行的，他真正热爱同文，他把这里当作自己的家，兢兢业业，愿意为它做一切事。上周整个学校老师的朋友圈都在传一则九江论坛上登出的"在九江，有一种回忆叫同文中学"的微信，里面图文并茂，从各个侧面勾勒出百年名校的风采，饱含深情地传达了同文学子对母校的拳拳之情。而这则微信照片的提供者，就是揭师傅。

据揭师傅告诉我，编辑苏苏、尘尘周末来学校采集素材的时候，正好碰见了他。一听说是要宣传同文中学，揭师傅马上来劲了，他带着记者把同文上上下下每个角落走了个遍，给他们讲述这几年来同文中学各个方面的发展变化，又热情地拿出自己手机上所拍摄的同文各类教育、教学、校建、科研照片供编辑参考使用。他对同文的热爱感染了两位编辑，他提供的图片也激发了两位编辑的灵感，于是一篇佳作应运而生。在写本文的时候我特地打开了微信查看，发现它的点击量已到了 23011 条。

现在已经是春天了，天气日渐暖和起来，风吹在身上脸上有了一种"熏得行人醉"的温意。但在几个月前，在靠近湖边的南门，风是冰冷而凌厉的，当它肆虐起来时，会像利刃一样横切过来，钻进你的眼睛鼻孔，削上你的面颊，渗透进你的衣领衣袖，冻得你直打哆嗦。就是在那样的恶劣的天气里，每天从学校南门经过时，我从没看见过揭师傅躲进温暖的保安室。他一刻也不停地站在大门口工作，实在冻得厉害了，就多穿几件衣服，里三件外三件的把最外层的保安服挤得鼓鼓囊囊的，然后继续站着，像一棵劲松，直苗苗地挺拔在校门口。他就这样坚守着自己的岗位，从周一到周末，从正常工作日到休息日。不止一次地，我在休息日经过学校，总看见揭师傅站在门口加班。"今天还不休息吗？"我问揭师傅。"没呢，继续上班！"他憨厚地笑着回答我。

揭师傅是一个不折不扣的工作狂，但这并不意味着他是一个乏味的人。相反，揭师傅有着广泛的文艺爱好，他是市里老年人合唱团的成员，经常在文化艺术中心、图书馆多功能厅参加合唱演出，在保安室的窗台上，我经常可以看见上面摆着一本手写的歌谱，揭师傅一边值班，一边在心里哼着他喜爱的歌曲。"你知道自己为什么不显得老吗？"有一次我告诉揭师傅，"因为你有爱好，有喜欢做而且越做越有成就感的事情，一个人的精神就会特别愉悦，精神愉悦的人，看上去就会显得格外年轻！"他哈哈笑起来，点着头，颇认同我的说法。

揭师傅今年67岁了，看上去却只有50许。不光是歌唱得好，揭师傅的笛子也吹得出神入化，校庆文艺会演上他曾经露过一手，赢得了全校师生的喝彩，圈粉无数，成为大家校庆节目回忆中的经典。

还有两天揭师傅就要走了，还记得两年前，有一次他专门来找我，向我请教该买些什么书给小孩子看。他向我介绍了他家里的情况，特别讲了他的孙子的事情。我深切地感受到他的认真和急切。在这里也预祝孩子在他的精心养育下快乐成才。

爱好

昨天下午的雨有多大？那会儿我正开车去单位上班，一路上都在听无数雨滴敲打车顶的剧烈的啪啪声，像无数只鸟用它们的坚喙在啄击捕获的食物，感觉车顶已被砸出了无数小坑。车前的雨刮器已经被开到最大，可还是无法与暴雨抗衡，徒劳地刷来刷去，我的眼前一片模糊。

可就在学校的操场上，一群年轻人正在冒着倾盆大雨踢球！他们在操场上尽情地飞奔，球衣湿透了，把他们健硕的躯体包裹得举手投足都不顺畅。湿漉漉的头发一直垂到眼帘，遮掩住了观察的视线；雨天的草地打滑，跑快一点或转身急一些稍不小心就会啪地摔个四脚朝天。因为速度跟不上，他们带球传球接球的动作都有些变形，该接的球接不住，能突破的脚上又使不上劲，中间小状况不断，大失水准。但是，这些一点也没妨碍彼此的兴致！一群人呐喊着，奔跑着，推搡着，整个操场上热火朝天，好不尽兴！

这就是爱好。

你们尝试过去爱一样东西吗？整个人真正地，不带任何功利色彩地，如痴如醉地投身于其中，不论成败，只在意心神摇曳心花怒放的那一个过程，浑身上下像吃了人参果每一个毛孔都觉得无比地舒坦，这真是极高峰的一种心理体验！

爱好极个别时候会让人成为大师，有时会让人成为专家，而更多的时候只会让我们成为一个票友。可是就算仅仅做一个票友，也很好——能做自己爱做的事，是一种幸福。

静意

今晨读石门一中雷建生校长所撰《石门夹山》，其中有引唐代诗人李群玉《夹山寺上方》之诗："满院泉声山殿凉，疏帘微雨野松香。"读来齿颊生香，顿时安静下来。

像吃一枚橄榄，把这两句诗歌慢慢咀嚼玩味了许久，越思忖越觉其意境之高远精妙脱俗，眼前泛起这样一幅图景：

诗人独坐深山古寺禅房，隔着垂帘看雨，听风，闻松香。时值深秋，一阵风过，院中黄叶飘零，墙外泉瀑声声，一时物我两忘。

不知彼时诗人多少岁，经历过些什么。我以为人非要到了一定年龄，受过许多风浪，彻底放下来，心闲无外事，才真享得了山林之趣。此时粗茶亦喝得，山蔬亦吃得，半天寂寞，亦坐得住。所谓"年老心闲无外事，麻衣草履亦容身"，随遇自安。

昨日余与剑明主任在八里湖市民服务中心三楼招标，其间于监控室中枯坐甚久。其主事者为高人，满厅喧哗，唯其神色淡然，慢铺茶席注佳茗，一壶清香，邀众人共享，席间不问来路，只谈普洱与景瓷，慢条斯理，其人亦有高远气。

独特

前几日在微信上读过一段文章，把王阳明和唐伯虎做了个对比，得出一个结论——王阳明的一生是有价值的，而唐伯虎不过是一个浪荡糟糕的醉鬼。我摇头一笑。

唐寅是爱"酒"，这是他一生的癖好，且行且饮，年轻时嗜酒成性，成年后佯狂使酒，到了晚年更是借酒消愁。但帖子作者一副高高在上绝不宽容的语气令人生厌，他本人在写作前到底有没有了解过唐伯虎的诗和字画？实在值得存疑。能写出"但愿老死花酒间，不愿鞠躬车马前。……若将贫贱比车马，他得驱驰我得闲。别人笑我太疯癫，我笑他人看不穿。不见五陵豪杰墓，无花无酒锄作田"这样句子的人，岂是"醉鬼"二字可以概括？你也太小看唐寅了。

人都有自己独特的一面，因为不一般，所以总显出突兀。我们只有带着欣赏和理解的眼光去看，才能咂摸出真味。

我有一位在广播电台工作的朋友，她的癖好是养猫，发在微信朋友圈中的一半图片都是在讲述自己与家中两只猫的故事。比如一只猫爬到隔壁家的窗户下面呼唤自己的朋友被主人打开窗户痛骂一顿啊，一觉醒来发现一只猫在床尾啃被子玩啊，女儿和猫并排在床上睡着了啊……我常常一边看一边笑，觉得这样的生活有趣极了。

单位后门的十字路口上，有一位卖芝麻酥、花生酥的大叔，二十年如一日自产自销，上午在家做酥，下午出来卖货，前几年都是骑着一辆破三轮，最近设备升级了，也不过就是加了个电动装置。这位大叔卖酥的方式十分奇特，像个单口相声演员，站在三轮车面前，挺直了腰杆，大声吆喝着。他的吆喝简单至极，从始至终只重复两个字："酥啊，酥啊！"声若洪钟，听起来得意扬扬，颇以自己的产品为荣。就冲着他这份吆喝的独特，虽然酥的味道并不比饼店好到哪里去，大家却都喜欢光顾他的生意。

五中有一位童老师，某日经过这位大叔摊前，发现他情绪不佳，大约是碰上了什么事，心情不佳，吆喝声没有了往日的神采。她就逗大叔说："笑一个！笑一个我就买你两包酥！"这位大叔被她逗乐了，果然大声笑了出来。童老师也就当真买了他两包酥。这位童老师说话做事的感觉也真够独特！

独特是一种生活方式，是一种人生感悟，也是一种自我沉醉的情趣，没有了它，一个人就没有了味道——整天一本正经的样子，久了是会面目可憎的。

绝美的诱惑

杰普年轻时以一部中篇小说享誉文坛。周围没有人否认杰普的天才，他们不能理解的是，为什么杰普那么早地放弃了写作？他的第一本书轰动了文坛，然后戛然而止，周围的无数人都在问杰普："这是为什么？"

杰普回答说："我在寻找更美好的事物，但没有找到。"

40年时光白驹过隙，65岁的杰普早已不是当年那个带着满腹纯情梦想的温柔的含情脉脉看见一切都充满着希望的年轻人。他成了上流社会的座上客，居住在罗马斗兽场旁边，白天沉睡，夜晚则流连于形形色色的派对之间，觥筹交错，美女如云，一切看起来都挺美好，唯一绝望的是他无法从中体会到哪怕一丝丝的美，他彻底堕落在生命的浮华之中，他甚至回答不出"我是谁？"

在开场生日派对的狂欢中，镜头突然慢下来，推到杰普面前，他点燃了一支烟，轻轻吐出一缕青烟，满是皱纹的脸上带着孤独与寂寞，与周围狂欢的人们格格不入，展现出别样的静态的孤独身影。贯注于他全身的，是老年人令人讨厌的经历过一切之后完全麻木的清醒的气味，他成了一个纯粹的生活的观看者，他没有一丁点激情去推动和参与任何事情的发生。

在这个表面繁华奢靡绝美的城市里，所有人的生命都陷入在同样的困境中。大家爱随波逐流，有一种明知不是心之所向却无法改变的无力感。生命古怪到不可接受。在喷泉边不停按动着快门一脸激动的游客突然一头栽倒在地上，而一边的合唱团演唱的歌曲正进入高潮；吉卜赛女人神经兮兮地用头撞墙表演着身体行为艺术，自己却无法解释里面的意义只能喋喋不休于和男友之间曾有过的疯狂；教堂里小女孩躲避母亲，她在黑暗中告诉杰普"你什么都不是"；庄严到有些滑稽的整容治疗，类似于肉毒素的注射，人们想要挽留青春却又不知如何打发的空虚；反讽意味极为强烈的葬礼，杰普哭了却又不知自己的哭泣有什么意义；充满了神秘感和仪式感的邻居，却原来是潜逃了十年的通缉犯……

美何处可寻？这是人类的永恒之问。它指向生命的意义。对一个失去了一切羁绊的浪子来说，找不到生命的意义，那么他就毫无寄托之处，只能任凭自己在黑暗中无休止地堕落。

杰普讨厌这样的堕落，他把苏菲琳娜的自我标榜的假面一把撕开，嘲弄得体无完肤：她研究党史是因为那时她是一个党派首领的情妇；她出版了 11 本书，但这些书都是那个党派资助的小书店帮忙出版的；她说自己负责任，可是家里的活全是请来的佣人们做的；她说她有家庭感，可是她却从来没有花过一丁点时间陪伴自己的孩子们。苏菲琳娜无法这样地接受真相，但她同样也无力反驳，只能掩面而去。杰普敏锐地指出：人类的一切努力背后，都是完全同质的无意义。这也包括他自己。他刺向苏菲琳娜的每一句话，都是对自己的质问——这样的质问是找不到答案的，于是只能坐着发呆。

派对过后，杰普巧遇到一位富家女，一夜情迷，他再一次意兴阑珊，感觉到挑逗、激情、暧昧、豪奢，这些统统不是他真正想要的，他决定不再堕落下去，不再浪费哪怕一丁点时间做他不想做的事。而在这个时候他才想起，生命在 20 岁的时候其实是有过意义的，只是很可惜，他懵懂无知地丧失了它。

修女玛丽亚嬷嬷的话最终让杰普幡然领悟。玛丽亚问杰普："你知道我为什么吃根茎吗？"

　　杰普一脸茫然。玛丽亚又补充了一句，"因为我知道根茎的重要性。"这就是生命的本真就是初恋女友当年让他看到的惊心动魄的掩藏在外衣之下绝对真实的美丽。

　　多年前的一个夏天，年轻的杰普和初恋女友站在灯塔下面，少女微笑着俏皮地后退了一步，"现在，我有一样东西想给你看。"她说。他看见了女友洁白无瑕的身体，夜晚深蓝的天宇下一片寂静，空气中萌动着青春、甜蜜、爱意，那一刻他的生命充满了极致的满足。

　　杰普恢复了自己的写作。"通常事情的结束都是死亡，但首先会有生命，潜藏在这个那个当中，说也说不完。其实都早已在喧哗中落定。寂静便是情感，爱也是恐惧。绝美的光芒野性而无常，那些艰辛、悲惨和痛苦的人性，都埋在生而为人的困窘之下，说也说不完……其上不过是浮华云烟。"

偷喝汽水

九江的一些小餐饮店，如果你拐进去吃一份早点，便能看见店里的桌子上摆着一个小架子，架子里是一排玻璃瓶装的汽水，很有些复古的亲切感，教人生出许多回忆。

小时候家里很穷，父母亲在纺织厂工作，很早就下了岗，虽然没有到饥寒交迫的地步，但每天都能吃到肉那也是不可能的。我们兄妹俩三餐都在家里吃，口渴了就带一瓶白开水，零花钱从来是没有的。班上有位同学家境颇富裕，隔三岔五放学后总要在校门口的小店里买些零食吃，一次忘了带钱，居然开口找我这个从来不买零食的人借钱买冰棍吃。我把身上仅有的攒了很久的准备去新华书店买特价书的一块多钱掏出来，他从里面拿了一角钱，说好了第二天就还。结果第二天过去了，他没任何的表示。第三天、第四天过去了，他还是没动静。一直等到那个月过去了，他也没有找我来还钱。我跟他关系很好，所以开口索要的话是说不出口的，于是只能不甘心地作罢，直到现在也还记忆犹新。前次小学同学聚会的时候，我把这个故事讲给大家听，大家笑成了一团，我也笑着，不过心里却一边笑着一边感慨：贫寒年代的记忆总是那么真切而带着些许的悲凉。

已经不记得那回家里要办什么事，准备请客，父亲买回了一箱汽水，是封缸酒厂做的橘汁汽水，就放在里屋的门背后。买回来后母亲给我和妹妹每人开了一瓶，说好其他的要留着招待客人不能再喝了。我俩欢天喜地地捧着汽水坐到屋前的台阶上，眯着眼睛一小口一小口地啜饮。喝完半瓶之后我们舍不得再喝了，停下来把汽水瓶来回晃动着，看剩下的半瓶汽水从瓶口冒出一大串白色的气泡。等气泡渐渐地平息下去，汽水瓶在阳光的照射下流转出一种诱人的橘黄色，深吸一口气，你能闻到空气中散发着的淡淡清香。我俩你望望我，我望望你，像是商量好了似的，不约而同地仰起脖子，把剩下的半瓶汽水一股脑地倒进了喉咙里，然后靠在门上，等着汽水在肚子里翻江倒海，最后形成一种强烈的气流顺着气管涌上来，冲得眼泪都流了出来。我们快乐地打着嗝，感到无比的开心与幸福。

当然这事还没完。

几天后父母请客时，突然发现汽水少了好几瓶，当时人多他们不好作声，等到客人们全走光之后，他们对我俩进行了严厉的审讯，疾言厉色声势浩大，我倒是身正不怕影子歪没啥大感觉，小妹却吓得够呛，脸都白了，才问了几句，就哇的一声哭出来，全招了。原来她实在忍受不住汽水摆在面前的诱惑，趁着父母忙，每天放学后偷偷溜进房间里拿一瓶汽水藏在身上跑到屋外偷喝。那时的汽水得用开瓶器来开，为了防止我们偷喝，开瓶器早被母亲收了起来。但妹妹自有办法。她从父亲的工具箱里找到了一枚大铁钉，仅凭这枚铁钉，她发挥了一个好吃鬼面对美食的全部潜能，锲而不舍地插扳撬拉，终于成功地撬开了汽水盖。于是她一天一瓶，喝得不亦乐乎。

此事现在还是我家茶余饭后的一则谈资，父母总爱以此来证明小妹从小就比我灵光。前些年看到电视里说以色列总理内塔尼亚胡年轻时是一名超级特工，执行暗杀任务时可以用一根细铁丝轻松地打开任意一扇门，我立刻笑着想起了小妹手上的那枚大铁钉。

异人

西门口一带，市井之地，向来多奇人异士。说起那位老人，滞居此地也有十余年了，不少人都见过他。

老人最爱待的地方是湖边和新华书店台阶上。大马金刀地一坐，拿起手里的琴低头便弹。脚边放一个小木碗，里面撒上几张小额纸币和数枚硬币，这就是讨生活的全部家当了。

无论你哪个季节见到他，他总是穿一身同样的破烂衣物，式样偏中山装，蓝不蓝灰不灰，小了，套在身上捉襟见肘的，却偏要把最上面一粒扣子扣得很庄重。头发又长又乱，各自为阵地聚成几团，东倒西歪地盘踞在头上。脸上精瘦，皮皱得层层叠叠，像风干了的橘子。

老人的弹奏堪称一绝。什么绝？难听！入夜的时候，思贤桥上常有一支小型的乐队演奏，几个年轻人，或弹吉他，或吹小号，配着最新的流行歌曲，唯美抒情，可以把人听醉。老人这里可截然不同。这么说吧，他虽然也是讨生活，弹起琴来却像是在发牢骚，没一丁点讨好听众的意思。那柄琴也煞是奇怪，远看像是小提琴，近看像是冬不拉，只有两根琴弦，弹起来咚咚咚咚地作响，像是乡下的匠人在替人弹棉花，难听得很。但老人自己却偏摆出一副陶醉入神的模样，教你疑惑这是极好的曲子。

弹到高潮的时候，他的手法还会变幻，愈来愈急切，隐约竟有铮铮之音，嘴里这时候还会长啸起来，配以咬牙切齿的表情，再加上手上愈来愈发力，整个听起来简直有杀猪一样的凄惨之感！

我常常疑惑，这样的演奏，这样的技术，哪里讨得到钱，怎么活得下去？可是十几年过去了，他依然活得好好的，而且简直和十多年前没任何变化，岁月洪流在他这里似乎转了个弯，把他给遗忘了。

有那么一段时间，我把他当作一个笑话。但是现在我怀疑他是一个智者。他弹的，从来就不是曲子，而是生命的真谛。

阳春白雪，曲高和寡。凡·高的画儿，前几天拍出了几个亿，但是画家还活着时，却一张也卖不出去，穷得叮当响，生活潦倒得像狗一样。所以这个世界上，人与人的交流是很艰难的，最好和最坏，都缺乏知音，中不溜丢的，别人更懒得理你。所以你别在意你能给别人带去什么，更不要去理会别人能给你带来什么。重要的是你自己的感觉，你的人生状态！你对自己还满意吗？你在做一件事情的时候，是不是很开心？时常有那么一刻，你是不是已陶醉了？你有没有很真诚地沉浸在你自己的境界里？……如果有，哦，那么你的生命就是很幸福的！

这么一想，再去看那位老人，嗯，原来啊，他弹的其实不是琴，而是岁月，是领悟，是飞龙在天，是一种活着的方式，是自我的最高救赎与证明。他在音乐中完成了自己。至于观众，你悟得便悟得，悟不得，便请摇头走开，关我啥事！

点滴

　　昨晚在十三香请志豪同学吃饭。他从伦敦回来，一身英伦范儿。两个人，三小时，四道菜，甚欢。

　　席间志豪谈到了他的职业观：一、做自己喜欢的事；二、做自己擅长的事；三、做对社会有益的事。此三者我大为赞同。

　　生于斯世，每个人都需谋生，圣者如孔子也未能免俗，学生还需要交几块老腊肉给他。但是如果在职业选择上能做到以上三点，则又可以脱俗而出，工作就是修行生命，乐在其中。当然也免不了要谈些苦恼。我给他讲了八苦，生老病死是不需解释，第五苦爱别离，相爱之人，父母仙逝，子女长大单飞，爱人一方先辞世，知交离散，人人都抵不住时光的洗磨，总有分别时，彼刻的痛苦就是"爱别离"。第六苦怨憎会，你讨厌的人如影随形和你交会，在你的工作中，在你的生活里，回避不了，躲闪不得，这便是"怨憎会"。第七苦求不得，你为了理想和追求，虽九死而无悔，真心诚意投身其中，可是命运并不保证付出就一定有收获，两手空空的茫然失落，就是"求不得"。第八苦是五蕴炽盛，色受想行识，一个人对外界事物有过度的反应和认识，杯弓蛇影，草木皆兵，也是苦。志豪于第八苦似有所悟，反复问我什么是"炽"，什么是"盛"。此两者，都是过，过犹不及也。

　　晚饭后回到家里，夫人和梦婕邀我喝"正山小种"红茶。茶是她们师父所赠，真是好茶，我平生第一次在茶中喝出了烟熏的味道，原来茶道如此奇特。夫人说："今晚的茶之所以好，除了茶本身好，茶具也是上等瓷具，所以锁得住香；水温也恰到好处，你到家时离水开恰恰过了十分钟，水温便退到了90℃左右，最能沁出红茶的气息……"

　　这些年来我在办公室日日喝茶，此刻才知道原来跟牛饮没什么区别，端的是糟蹋了无数好茶，真是罪过，罪过。

酒道人

昨日旧友张君回浔，三五知交小聚于十三香。席间张君出牛栏山美酝一瓶，众皆有挤眉弄眼之喜态，独吾急覆杯，曰：向不烟不酒，众君随意，无须顾我！

张君谑笑曰：余自万里外归，知交齐聚，把酒言欢，君不云不雨，好不扫兴也。

余亦笑曰：吾虽不饮，亦可助兴，今且讲一酒事，增诸位酒意！话说前日周末，吾登匡庐好汉坡。是日天阴欲雨，山中雾气四弥，草叶沾露，石径湿滑，吾持杖踉跄，升至半山腰，四顾竟再无一人，盖天气无常，不敢复登矣。无何果落暴雨，形如瓢泼，吾急寻避雨处，忽于山林间见一巨洞，入之，其大如房厅，中设巨案，山肴野蔌十余道，陈设其上。一道君立案前，向吾俯身施礼曰：某独修行于此，素来只与松鹤游，今日遇君，亦是缘分！今有山中巨猿采奇草异果所酿美酝一缸，可与君共饮。乃出酒，携吾入席，道人裂去封泥，酒气纵出，满洞异香。余以不能饮却之，道人亦不客气，笑曰：吾今独饮，不敢累君相陪也。乃抱缸如长龙吸水，但听汩汩之声，少顷，置缸于案上，已空无一滴矣！吾大惊，视其面，乃无一丝酡色。道人见吾之惊状，大笑，呵出酒气数口，吾竟不能御而昏昏睡去。醒来，已独卧于山径中也。是时雨亦停散。吾起身寻洞，再无可见。

言毕，吾笑曰：余虽不善饮，诸位亦不可欺我，若论酒量，吾等于彼道人面前无不是菜鸟也！

众大笑，甚欢。

静

周末有山，有水，有远郊的村庄，三五农家的屋后，有美池，石径边的垂柳正依依，山花开满了无数棵树，还有什么话说？

在极高处，看过成群游过的浮云，嗅遍山花，呆呆地听瀑泉奔涌，身体轻了，思绪空了，于是去报恩观汲数壶山泉，一路上采些野草异花，捧了一怀，悠悠然驱车回居所。

入户花园茶台上，上好的庐山云雾备齐，铸铁壶中清冽的泉水沸腾，冲入茶盏的那一刻，满室异香。其间取出花草，略加布置，或竹篮，或立瓶，或小碟，花俏叶挺，自成小品，风过庭香，饶富风姿。

雅活无关富贵，是平常中的讲究，平淡下的奇迹。其生而也苦，然经雅意一点缀，又向苦而乐，另生出别样的味道。

像那沈复，就在《浮生六记》中说："夏月荷花初开时，晚含而晓放，芸用小纱囊撮条叶少许，置花心，明早取出，烹天泉水泡之，香韵尤绝。"

你看这芸娘何等雅致，植茶袋入莲苞，待花苞黄昏闭合，茶叶袋也饱沁莲芬，独居"香韵"，美不可言。

更有那妙玉，品茶重在品水，待客奉茶，用的都是"旧年蠲的雨水"。黛玉以为是隔年的雨水，妙玉却冷笑道："你这么个人，竟是大俗人，连水也尝不出来！这是五年前我在玄墓蟠香寺住着，收的梅花上的雪，统共得了那一鬼脸青的花瓮一瓮，总舍不得吃，埋在地下，今年夏天才开了。我只吃过一回，这是第二回了。你怎么尝不出来？隔年蠲的雨水，那有这样清醇？如何吃得！"

　　妙玉之雅，可见一斑。此乃雅活，非同一般。

情感的力量

情感的力量就像刻在钢板上的字，有时硬得让人心痛。

昨天下午，朋友与我聊天。谈到同文今年的高考，朋友向我讲了一个故事。

有一位母亲一年前检查出癌症，发现时已经是晚期了，接连放疗化疗了好几次，又做了一次手术，人瘦得不成样子，头发也掉光了，整天躺在病床上，虚弱得连手指动一动都难。

半年前医生就下了病危通知书，说随时都有可能离世，让家人做好思想准备。但这位母亲却奇迹般地挨过了一个月，又一个月……一直挨到正在读高三的儿子高考结束。

这位母亲向来是一位豁达的人，把生死看得很透彻，用她自己的话说，人生就是乘坐火车，很多人没能等到终点站，到达了终点站所有人都得下车。她没能挨到终点站，但她成长过，奋斗过，爱过，该拥有的都拥有了，该体验过的也都体验了，这就够了，没什么了不起。

她唯一不甘心放不下的，是自己还在读高中的孩子。她是多么希望多陪伴孩子一些时候啊，哪怕什么也做不了，仅仅是躺在一边，默默陪伴他披荆斩棘，与他一起体验人生道路上的每一点成长、成才、成功的印记，这也是开心的啊！

对儿子的这份牵挂支撑着母亲与病魔做殊死的斗争，为了让自己的生命延续得更长一些，即使主治医生一再建议保守治疗以免增加更多的痛苦，她还是坚持做了一次大手术切除掉了身体里一部分肿瘤，在这个过程中她不知道遭受了多少痛苦，但为了能多活一段时间，多陪孩子一程，她把一切默默忍受了下来。

儿子高考出分那天她就不行了。听完儿子的分数，她的眼睛亮了一下，泪水流了下来，然后缓缓地闭上，再也没能张开。临走前她用瘦得像鸡爪一样的手死死抓住自己的孩子的手臂，父亲在一边早已泣不成声。一年来日夜陪伴在病床前的丈夫最清楚妻子的心思——孩子的分数让母亲满意了。儿子未来的路当然还很漫长，但有了这样一个高台阶，她相信自己的儿子今后的生活会足够精彩。

周围的环境一下安静下来，我们没再说话，就那么静静地坐着，沉浸在窗外哗哗的雨声中。语言在这一瞬间变得苍白，一种无法言传的更深沉的情感在我们内心深处久久传荡着深邃的回响。

讲故事的高手

话说某年某日，笔者曾往庐山花径一游。其间在石刻"花径"前，碰见两批游客过来，都有导游陪伴讲解。

第一个导游中规中矩，戴一副黑框眼镜，面露微笑，嗓音低沉庄重：

大家请看草地上有座伞状红顶的圆亭，这就是花径亭，在花径亭中的石刻板上刻有"花径"二字，1929 年湖北汉阳人李风高游大林寺时发现，奉为至宝，据他考证这正是唐朝白居易的手书。不过这一论断，二十世纪六十年代被毛泽东主席所推翻。理由是唐朝时候的花字的草字头应该写成两个十字，而石刻上的花字显然是唐后所写。

而第二个导游是个矮个子，鬼灵精怪，说话的时候辅以各种表情，声音忽高忽低，忽急忽缓，富有某种音乐的韵味：

大家请看这块石刻，相传是唐代白居易手书。它曾在庐山上消失了千年，直到 1929 年才偶然被一位叫李风高的人游大林寺时发现了踪迹。李风高是个奇人，一下子就发现了问题。对手下人说，这块石头不对劲！你们快快找些扫帚来把它打扫干净！于是一群人忙活了半天，最后露出来"花径"二个大字。李风高欣喜若狂，于是邀集在庐山上的社会贤达、名流集资捐款，在此建造了景白亭、花径亭，并补种了五百多棵桃树，再现了昔日的桃花胜景，以表对白居易的仰慕之意，使得花径成为文人雅士的聚会之所。可是后来毛泽东主席也来到了这里！他大手一挥，当即否定了这是白居易手书的说法。理由很简单，"花径"这两个字怎么看都是宋体，你说唐代的白居易怎么可能写出宋体的花径？

所以从此之后，这"花径"两个字是谁写的呀，成了一段千古之谜。当然，我一般不会告诉别人这是我写的，哈哈哈哈！

会讲故事的人啊，跟他在一起就是这么开心！

吃

俗话说：有钱没钱，回家过年。一般人家，平时哪怕再捉襟见肘，但逢着节庆之日，一家人聚在一起，大吃大喝一顿总是免不了的。

但假如真穷得揭不开锅，你就是再想喜庆一番，又怎奈何？

话说苏轼乌台诗案后，便是如此。他被贬到黄州做了个团练副使，薪水微薄，真正是穷了个叮当响，以至对天哀叹：

黄州僻陋多雨，气象昏昏也。鱼稻薪炭颇贱，甚与穷者相宜。然轼平生未尝作活计，子厚所知之，俸入所得，随手辄尽。而子由有七女，债负山积，贱累皆在渠处，未知何日到此。

一来债台高筑，二来不会理财，家里嘴多钱少，黄州又是个穷地方，自己还是戴罪之身，真正是屋漏偏逢连夜雨，苏轼除了哀号，别无他法也！

好在东坡先生聪明，另辟蹊径找了道便宜又营养的食材——猪肉。

要说猪肉，其在宋代人的心目中，大约就像现在的耗子肉，不到万不得已，谁也吃不进口。那么宋代人喜欢吃什么？羊肉！牛肉！

羊肉是那时公认的佳肴，据说皇宫"御厨止用羊肉"，原则上"不登彘（猪）肉"。像宋太祖宴请吴越国君主钱俶的第一道菜"旋鲊"，用的就是羊肉。

但羊肉虽好，团练副使苏轼可是吃不起的！当时有首诗说："三班奉职实堪悲，卑贱孤寒即可知。七百料钱何日富，半斤羊肉几时肥。"你看连宫廷任职人员尚且穷到如此，苏轼一个地方小吏就更不用说了，羊肉想都不用想，只能在猪肉上面动动脑子——于是东坡肉应运而生！

关于东坡肉的做法，苏轼有首打油诗详细描写了经过：

净洗铛，少著水，柴头罨烟焰不起。待他自熟莫催他，火候足时他自美。黄州好猪肉，价贱如泥土，贵者不肯吃，贫者不解煮，早晨起来打两碗，饱得自家君莫管。

每次把这首诗读完，我嘴巴里都会忍不住流下口水。流放的路上还忘不了美食，苏轼这个大吃货有一颗多么广大的心啊！

可见真正的文人，心中自有大乐趣，就是在生活的夹缝中，一样能活出别样的风姿，向苦而笑，苦中作乐！此乃一般人所不能及也。

回忆

那一年，学洲五一班全班男生棍棒藏身要去找欺负了我们班上同学的东风小学的男生争理。班主任刘老师发现了，什么也不说，放学后守在教室里——全班静坐不准离开教室，等家长找不着人了跑到学校来接。这一坐就是两个小时，天黑了班上还有十多个孩子枯坐着等不来家长。那时候的家长心真大啊，孩子们自由度也真高。

那一年，一伙孩子在长江游野泳。中午吃饭时间快到了，我急匆匆上岸却找不着凉鞋，快急哭了，五六个家伙赤膊弯腰翘着大屁股在沙滩上帮我一路摸索。好不容易找到了，大家松了一口气，四脚朝天地胡乱躺在沙滩上等头发身体晒干了然后一溜烟地回家。到了家里母亲问我哪里去了，问不出实话，她一把拉过我，在手臂上用指甲轻轻一划，一道白痕出现了，就知道我又躲着大人偷偷出去玩水了，于是免不了一顿狠揍。

那一年福建商城还是木材厂，我们下雨天藏在木头叠搭形成的空隙中点火煮面条吃，一边听雨一边夸白，争自己在班上的打架战斗力排名，估计巡逻的厂工若看见一堆木材中猛然有火光闪闪会当场吓晕。

那一年我从二马路回四厂，经过向阳闸的时候夕阳染红了天边，路上静悄悄的一个人都没有。我把书包挂在脖子上，双手松开永久自行车龙头，用腿控制车子直行，张开双臂拥抱太阳，刺激得想要尖叫起来。

那一年我在国棉五厂外的田埂上走，盛夏的空气中流着火，我和我手上抓来的金毛虫都闷得喘不过气来，我用一根白纱线系住它的脖子，用路边别人吃完丢下的西瓜皮上的残留西瓜汁喂它，然后要它飞，我在下面看它五彩斑斓的双翅。

那一年，九龙街还是龙开河，入长江处的铁桥还没拆，我们帮上坡的运货人力板车推车，偷偷划一个小口，抓一把白砂糖若无其事地往荷包里塞。然后三五个聚在一起嘻嘻哈哈地把荷包里的白砂糖吃得干干净净。

那一年晚饭后我们跳到龙开河游水玩。这时候运西瓜的筏子来了，上面层层叠叠摆满了滴溜滚圆的黄老门沙瓤瓜。我们浮在水面上悄悄跟着，猛地一伸手，够一个西瓜下来，西瓜骨碌碌地打着转在水面上浮着。船夫警觉地回过头，像是发现了什么其实什么也没发现。他龇牙咧嘴地晃动着手里的竹篙，向我们发出威胁，而此时的西瓜早已被一个小伙伴夹在水下的两只腿中间，我们都朝船夫傻笑着，看着他和船远去，然后我们爆发出更大的笑声。

回首处，四十余年多少故事。转眼间，我们都已过四奔五，人至中年，希望大家的生命能这样一如既往地好玩下去。

茶赋

昨日得友赠金骏眉数筒，喜其盒罐古朴，文字稚拙，雅意扑面，灯下观之良久，未饮而先醉也。

吾于饮茶有所得，自今夏始。其时因遇考试，兼杂冗缠身，日奔波于四周，夜挑灯于斗室，神疲气短，苦不堪言。幸得佳茶提神，一日数壶，终得气定神闲。吾意谓茶之妙质，关乎时令，关乎采撷，关乎藏收，关乎甘泉，然此数语皆为外物，其尤重者，乃饮茶者淡清之性情，高洁之趣情。高人多暇，好友有闲，北窗午后，足睡起身，邀约同道，相对而坐，苦茶一杯，香飘唇齿，饮后即两腋生风，飘飘似鹤。

吾乡有桃花源曰康王谷，传为茶圣陆羽饮茶地。余曾随长弓君与陈校长游于此，青山绿野，曲径通远，石桥老树，飞瀑隐隐。其泉自地底巨石间汩汩而出，清冽可口，终年不涸。苏东坡曾有诗赞曰"陆子咤中泠，次乃康王谷"，可见得妙境嘉泉而煎茶，极具诱惑也！然吾更进一层思之，茶原无品质，水何论甘涩，一切得之自然而然即可。余曾于石门涧中、沙湖山边、五老峰下，慢步寻幽，偶见野茶，随手采摘，洗净以自来水煮沸冲之，亦有妙香！万物无须执于表象，不粘不脱，顺其自然，乃不二法门。

人生态度

前几日把《绝美之城》看了3遍，感受良深。

率性

人生活在错综复杂的社会关系里，于是免不了妥协，结果为了别人常常委屈了自己，让自己不开心，不舒服，甚至走向抑郁。牺牲如此之大，必然也就会出现不妥协。杰普在浮华的罗马上层社会圈子里周旋了几十年，夜夜笙歌，狂欢至老，一般的人以为这是福气，但从他在舞会高潮的群舞中缓缓步出，寂寞地点上一支香烟的样子中，我们发现这并不是他想要的生活。痛定思痛，65岁生日后，他学会了不妥协。当富家女拿着笔记本电脑走到卧室给他看生活照时，惊愕地发现人去楼空，这里讲的不是失礼，不是玩弄，而是对内心的遵从，是更清晰地明白自己想要什么，是要去过自己需要的生活。

尊重

每个人一生中都有一两件自己的爱好，为之孜孜不倦，倾注大量的心血，虽九死而无悔。有极高智慧的人，必然会在其中达到登峰造极的境界，如齐白石的画，邓石如的隶字，谭盾的音乐，这些都是可以抚慰平生的，也会得到周围大众的敬仰。但若你沉迷于一件事，却又局限于资质而难有所得，这时旁人就会觉得不值得，觉得是荒废生命。其实不然，这一点上，他人即地狱，无可交流。爱一样东西，不一定要求结果，重要的是你把自己放了进去，借它去感悟生命，体悟大道，这时候的生命会焕发出宁静致远的光辉。因为爱好，生命有了尊严。这也是杰普为什么只写了一部中篇小说就封笔不再创作的原因，因为他的创作不是给别人看，而是要给自己看。写给别人看的是畅销书，写给自己看的是自白书。自白书需要足够的智慧，足够的诚意，足够的喜悦，而他一直没有找到，所以也就一直停笔，这是对写作的尊重，也是对自己的尊重。

思考

米兰·昆德拉说过，最不能承受的是生命之轻。随波逐流久了，就会习惯庸庸碌碌的生活，忘记初心，忘记了最初的追求和理想，在一种半麻醉的醺醺中混沌度日，白白地耗费掉美好的生命。杰普表面上看起来正是如此，他将自己的天才封存，不去创作小说，却整天摆弄些采访啊印象记这样的快餐文字，这使他成了一个时尚达人，为他进入上流社会奢靡生活提供了方便。但无数次的曲终人散后，躺在床上凝望天花板时，浮现在杰普面前的不是纸醉金迷的罗马舞会，而是20岁时的那片海，海边醉人的夜晚，初恋情人明媚的笑容。这一切让杰普在茫茫的生命之海上虽然东倒西歪，但最终不至覆灭。每每总是在最沉迷的关头，过去的那一幕便会出现，便会匡正杰普的思想，让他冷静下来，点燃一支烟，静静地看一会周围的世界，重新整理自己的思想。

我们都生活在巨大的无意义之中，这一点无可逃避，但我们得记住，生命的价值在于你活着的方式，它无关世界的意义，却能抚慰你的茫然。

穿越

周末的感觉真好。

一点也不用抢。睁开眼，天已经大亮。慵懒地伸一个懒腰，把四肢关节尽力地张开，感受着无数根筋在绷紧，拉直，酸软，发麻，然后突然一下松弛下来，一种巨大的舒适感把我围了起来，像是漂浮在满是鲜花和牛奶的浴池，一点都不愿动了，像是飘在被窝里，静静地，惬意地，这时候恰逢其时地听到了窗外的鸟叫声。

那只鸟我前日里见过，那时它正在窗外的台前歇脚，悠然地踱着步子，骄傲地抬着头，转动着极长的坚喙和一对滴溜溜的小眼珠，很满意地视察着自己的新领地。它时不时停下来，在玻璃上啄两下，这时候它的头低下来，阳光像瀑布一样从它的颈上倾泻而下，顺着黑色的闪着迷人光泽的背脊上的两道白色的平行线而下。

现在它又来了。隔了一层窗帘，叽叽喳喳的，不知是故地重游让它感觉到了喜悦，还是掩着的窗帘勾起了它的神秘的心情，它不间歇地歌唱着，奢侈地抒发着心中压抑不住的激情。叽叽，叽叽，叽叽。

必须要很累很累，累到不愿说话，神情疲倦，坐在椅子上眼睛就会闭上。然后突然松弛下来，经历长长的一段睡眠。在醒来时，才能感受到世界本真的宁静，安谧，休闲。这时候的心变得格外敏锐，体察到了空气中每一丝每一缕的美好与快乐。过去的劳累，连续二十多个小时的连轴转的辛苦，全被推远了，成为一个漂浮着的黑黝黝的背景，而我就在这背景中悠闲地笑着。就像是一列火车，穿过了长长的一段隧道，很长很长，长得让人绝望，以为一辈子都要困在这巨大的山体里了，只听见铁轨和车轮摩擦发出的哐咚哐咚哐咚声，教人绝望。而这时候，前方出现了光亮。显示一个极微弱的亮点，然后是一个光圈，然后光圈变大了，越来越亮了，亮到耀花了人的眼睛，突然一下火车冲了出去，把隧道远远地抛在后面，光明一瞬间拥抱住整节车厢……这就是周末的清晨！

我有铜钱草

临近清明，我书案上多了一盆铜钱草。

这些草很好养活，一钵清水足矣。饮饱了，它就自顾自地修行，从芝麻大的一小粒绽开来，趁你不注意，一抖，裂成许多瓣。从此高温也好，低温也罢，有阳光也好，没阳光也罢，吸淡水之滋养，吐纳天地之生机，一点点孕出铜钱大小的叶片，肉嘟嘟的很厚实，却偏偏顶在一根根极修长娇柔的细茎上，旱地拔葱似的一跃而起，在半空中摇曳着，很有些局部大于整体的奇怪，像杂技表演中的转盘子，看久了，心会突然悬起来，这细细的茎能长久地撑住那些肥头大耳的叶片吗？

其实担心是多余的。它们不但撑住了，还常在风中轻曳，或低额含羞，或抬首娇嗔，或侧倾远眺，或俯身相拥，时时变幻，作出许多性感的姿态。

养铜钱草不宜多，八九根茎叶即可。或高或低散开来，有的三两成群，有的对面而揖，有的独居沉吟，不讲究对称，最鄙视整齐，求的是飘逸，重的是随性，就像古画中的竹林七贤，相聚时亦是各有面貌，姿态迥异，但合在一处，却又都是志同道合，彼此心境相通。于我心有乐乐焉，说不出的和谐。

比起铜钱草这个名字，我更喜欢神仙对坐草这样略显古意的称呼。《百草镜》云："此草清明时发苗，高尺许，生山隰阴处，叶似鹅肠草，对节，立夏时开小花。"《本草纲目拾遗》曰："山中道旁皆有之。蔓生，两叶相对，青圆似佛耳草，夏开小黄花，每节间有二朵，故名。"这两段文字虽出自医书，然典雅清致，读起来极美。

　　九江街头有数家谭氏木梳店，门口偌大一块招牌，上书"我善治木"四个大字，十分吸睛。而我于斗室之中常养花草，皆能蓬勃，是否也可于墙上挂一幅"我善养草"的横幅呢？呵呵，一句玩笑，不可当真。但养草花久了，便也觉得这确是一种人生的修炼，获得的不仅是花叶的养眼，更是心境的安平，在寂静的繁盛中感悟生命的坚忍与绚烂。

读八大山人《双鹑菊石图》

今日晨起，于电脑上将搜集到的八大的一些画作随意浏览，其中就有《双鹑菊石图》。

只见画上危崖怒耸，层岩相垒，愈往高处，愈失平衡，竟成将倾未倾之势。及至峰顶，两崖相对，乃有重合互为倚靠之意。石上数丛秋菊绕石而生，任意东西。菊丛旁边一对鹑鹑在倾侧的危石间蹦跳觅食，侧首闲望。石下涧水潺潺，水势清浅，有一二拳石露出水面。右上方远山数抹，悠远高邈，一派浑穆。

裱边右上方有唐云题字：八大山人《双鹑菊石图》。左下方裱边则有唐云诗：老笔纵横独放颠，谁于此处省前贤。家家都作千秋计，象外环中有后先。

唐云所题之诗，与八大原迹两相呼应，互为阐述，读来韵味无穷。

"老笔纵横独放颠"，朱耷的一生是悲恸孤寂的一生。他笔下的花草虫鱼巨石怪岩都是残山剩水，枯枝、乱叶、衰草、落花、丑石、冷水，包含了数不尽的无声歌哭和不能自解的内心郁结。所有的癫狂，都是这个没落王孙内在巨大悲哀的倾泻。

"谁于此处省前贤"，悲恸之外，我们还得去"省悟"朱耷的精神高度。他的内心世界不仅仅是愤怒，还有参禅悟道之后的清明，还有劫难历尽之后的放下，还有与天地对话的浑穆旷达。就像这幅画，危崖将倾未倾，寓示世事的辛酸，个人命运的无常，但偏偏就在这危崖之上，又有无数朵盛开的黄菊，有安详怡然觅食的鹑鹑，自得其乐，萧瑟中显生机，绝望中露希望，使人感到荒寒之外的一抹暖意。这已是禅机，超越万象，于苦中作乐，于难中微笑。就如同"二战"结束后的德国居民区，满地废墟，但在未倾倒的窗台之上，依然有一盆鲜艳的玫瑰在盛开。废墟，玫瑰，危崖，黄菊，遥相呼应，深藏着朱耷神秘的大世界。

"家家都作千秋计，象外环中有后先"这两句显现出朱耷非同凡响的精神超越。世人百态，最终还在"功名利禄"四个字中打转，哪怕上天再借你五百年，绝大多数人也还是执迷不悟，总以为自己在做的是千秋伟业，孜孜不倦，其实都是幻影。所以朱耷聪明，他在劫难后醒悟了，跳出了生命的种种外在物象，直接进入了环中的境界。何谓环中？《庄子·齐物论》云："彼是莫得其偶，谓之道枢。枢始得其环中，以应无穷。"郭象注："夫是非反覆，相寻无穷，故谓之环。环中，空矣；今以是非为环而得其中者，无是无非也。无是无非，故能应夫是非。是非无穷，故应亦无穷。"可见环中，就是无是非对错好坏之境地，灵空超脱，无所挂念，无所伤害，超以象外，得其环中，持之匪强，来之无穷，与天地同行，与万物相交。这才是八大山人作品中最打动人心之处，它唤起了人对生命最真切的感受体验，散发出强烈的生命气息。这样的感受，就如同屠洪刚在《封神演义》片尾曲中所唱：愿生命化作那朵莲花，功名利禄全抛下，让百世传颂神的逍遥，我辈只需独占世间潇洒。

好一个朱耷！

浸润在香气中

早晨起来推门进客厅，满屋异香，扑鼻而来，从小莲庄藏书楼带回的芸香草当真是七里留香！

宋人沈括在《梦溪笔谈》中这样描绘芸香草："古人藏书辟蠹用芸。芸，香草也，今人谓之七里香者是也。叶类豌豆，作小丛生，其叶极芬香，秋间叶间微白如粉污。辟蠹殊验，南人采置席下，能去蚤虱。"

闻着这满屋的郁郁香气，我想起了常摆在案头的那本读了无数遍的席慕蓉诗集。七里香，七里香，读了你这么多年，才知道你就是芸香草！

"溪水急着要流向海洋，浪潮却渴望重回土地，在绿树白花的篱前，曾那样轻易地挥手道别，而沧桑的二十年后，我们的魂魄却夜夜归来，微风拂过时，便化作满园的郁香。"夜深无人的时候在寂静中读着这样的句子，会觉得齿颊留香，满心都是依依的温柔和不舍。

先锋诗人们大概不会太看重这样简约清淡的诗歌，他们讲究的是高深。试想想历史上那些被我们传唱至今的古典诗篇，哪一首不是朗朗上口通俗易懂？我读宋诗的时候，总觉得比唐诗要晦涩，它不能跟唐诗一样为我们所熟知，就是这个缘故。

当代中国的诗歌，我认为正走在宋诗的老路上，而以席慕蓉为代表的这一流派的诗歌，接上了遥远的唐代诗歌的源头。

说到源头，我想起了昨天下午与冷文义副校长在办公室的座谈。关于他最近写的一篇读书的文字，我谈到了自己的想法：教育者要教的不仅仅是死的知识，更重要的是他要带孩子们去接上中国传统文化的源头，这是一个民族的根，也是每一个人的根。

　　我打开装着芸香草的布袋，里面的枝叶都已经干枯了。但就是这些干枯的枝叶，散发着郁郁的香气，据说可以数年不消。而那些泛黄的摸起来脆如枯枝的古书，里面蕴含的文化与思想，更是可以越千年而不朽的。

不强求

席慕蓉的《一棵开花的树》道尽爱恋中的人细腻深沉的内心情愫，真是不错。可惜全诗结尾却落入"落花有意，流水无情"的俗套。

其实又何必非要等到爱人漠然经过后黯然神伤落满一地？当年金岳霖迷恋林徽因，却也没有因为林徽因没有属意于他而心灰意懒由爱生恨。因为爱而开，就千万不要因为没有被爱而落，这是两件事了。所以全诗若结束于"朵朵都是我前世的盼望"这一句，起于爱，止于爱，因爱而有所求，有所求却并不强求有所得，只是低头啜饮爱着的甜蜜滋味，这就更好了。

关于这一点感悟，《世说新语》中有一则故事说得最明白——王子猷居山阴，夜大雪，眠觉，开室命酌酒，四望皎然。因起彷徨，咏左思《招隐诗》。忽忆戴安道。时戴在剡，即便夜乘小舟就之。经宿方至，造门不前而返。人问其故，王曰："吾本乘兴而行，兴尽而返，何必见戴？"

好一个"乘兴而行，兴尽而返"！故事写的是友情，其实爱情又何尝不是如此？张爱玲说："在你面前，我变得很低很低，低到尘埃里，但心里是欢喜的，便从尘埃里开出花来。"这就够了，爱就是爱，是自己的真实感情的流露，是对自己内心的体认，它并不是一桩生意，付出就一定有回报。人类痛苦的根源是心怀执念，有执念便会患得患失，徒然生出许多苦恼。譬如周国平笔下的那只白兔，惯赏春风秋月，却因为上帝的赐予转而辗转难眠，实在是可悲。如若不执，清风明月，拈花一笑，何等圆满！

不可太满

凡事不可太满。月满则亏，弓满易折，花满则落。

匡庐秀色甲天下，好汉坡山路蜿蜒，一路上风景奇秀，古木参天，绿荫如盖，空气清甜。但假若所有树木都拼命生长，旁逸斜出，塞满了山路，那哪还有好汉坡？谁还能上得去？

浔城边上的长江千百年来承载舟船，滋润万物，净化城市，功莫大焉。但若不知节制，如今夏般猛涨暴涨，立即危及城市，全城人只得昼夜守之，如临大敌。

长虹大道从江边直达二桥，全程直线，到市委市政府办事走这条路时路程最短。但我单位的司机去市政府办事时却宁愿绕道六中边上从文化艺术中心拐一个大圈，就是因为长虹大道作为九江的主干道车满为患，上下班高峰时只能龟速前行，急煞人也。

我暑假在澳大利亚出差了二十天，虽餐餐有鲜肥滋味之享，然而没有辣椒佐饭，嘴里淡出个鸟来！回到九江后，为了弥补自己，一连7天早上都是拐到单位边上来一碗加辣的兰州牛肉拉面，吃完面后把面汤一饮而尽，那滋味真是辣得满满的！没承想第8天开始上火，右边脖子肿起一个小结，喝稀饭都疼得咽不下，黄连上清丸都压不住，折腾了好几天。

由此可见满的苦恼。

房屋唯空方能住人，轮毂唯空方能转动，瓶钵唯空方能承物，天地唯空方能活万物。空的盆地才能成就江海，空的笛箫才能奏出婉转的乐曲，空的山谷才能传来声响，空的U盘才能装载信息，空的心灵才能承载情感……

可见自性虽空，本自具足，能生万法。

有态度

早晨在屋外紧密热烈的鞭炮声中醒来。今年家中未买一封鞭炮，虽然窗外雾霾依旧，一家为环保所做的贡献略等于无，但我们三人还是很开心，因为对于雾霾我们有态度。推而广之，对整个社会而言，个人的力量很渺小，如同草芥，但这并不妨碍我们去行动，行动的结果也并不重要，重要的是行动本身。

人有自己的态度，才真正拥有自我。戏剧大师汤显祖就很有自己的态度。他出身书香门第，五岁读书，十二岁能诗，在才子之乡临川享有大名，其思想前卫，连李梦阳、王世贞等文坛前辈他都瞧不上眼。万历五年、八年两次会试，当朝首辅张居正几位儿子和汤显祖都在应考之列。他特意联系汤显祖，希望汤能跟自己的儿子交朋友。古代的关系网，无非是同乡同窗同袍，张的目的，不过是让儿子们能多交几位有能力的同学，日后官场上可以相互提携互为羽翼。可是汤显祖直接拒绝了张居正的拉拢，从而在张居正当朝期间一再落第。历史就这样把汤显祖定格了——摒弃了荣华富贵，他反而能在权力的外围清醒地观察到社会的真相，感悟生命的真谛，追求人生的真善美。

汤显祖在张居正去世之后才得以入朝为官，可是不久之后又与自己的老师许国合不来。按理说许国对自己有提携之恩，但是其当权期间，政令守旧昏庸，汤显祖随即抛却个人关系，直言不讳，多有批评。许国虽有雅量，内心还是很不舒服的，于是把汤显祖冷落到了一边。汤的友人吴序曾劝两人讲和，孰料汤显祖固执己见，写了一首《吴序怜予乏绝，劝为黄山白岳之游，不果》来回应。诗云：欲识金银气，多从黄白游。一生痴绝处，无梦到徽州。这里的徽州，实际上指的是许国。意思是说我汤显祖痴绝得很，与许国始终还是不对付，没缘分，哪怕因此权力金钱都没了，也没办法，就这样吧！

写到这里时我忍不住笑了。如今黄山已是旅游胜地，去年我们一家去徽州古城游玩的时候，看见几百年前皇帝赐给许国的牌坊还高高矗立在街市的中心。那天晚上我们在徽州茗香大剧院看演出，打出的广告语却是"一生痴绝处，无梦到徽州"。这是反话正听，把汤显祖与许国划清界限的话当成表扬徽州的话了。

谁的江湖

一入江湖，便永在江湖。

斌哥的江湖是权力，金钱，呼风唤雨，笙歌燕舞，绝境重生……总之，是热闹，是绝不能寂寞。只要江湖位置还在，腿被打断了，头被敲成了皇冠，兄弟被捅得命都没了，都可以。但是退出舞台不可以，江湖地位，这是他生命的终极意义。所以最致命的打击是，他刑满释放后没有一个兄弟来接他——义薄云天的江湖轰然倒塌。这是斌哥不能接受的，所以他要借助大学生和林家燕的力量重出江湖。在一个道义丧失的江湖，所有的借助都是需要代价的，于是有了林家燕和斌哥的故事。人在江湖，身不由己。他能够丢下巧巧，却不能放下江湖。

巧巧的江湖是情和义。情是时间，一辈子很短，短到只能爱一个人。他可以是大佬，将一场血腥内讧消弭于牌桌；也可以是无助者，任凭对手把自己敲成猪头；也不介意他是一个残疾人，坐在轮椅上连脱衣服都不能自理。她爱的只是这个人，不管他的身份如何变化，她可以随时冲上去，替他挡风避雨，替他去做一切事情，哪怕是死。江湖终究是无情，跨过前世与今生的火盆之后，被偷走身份证和所有的钱一无所有后，她决定忘掉折磨了自己这多么年的情与身份，于是最后只剩下了义。但这义，终究也还是把那份情给吊着，接不起来，又留着念想。

江湖不是皆大欢喜，不是大团圆，江湖是无可奈何，是向死而生，是不断地放弃，是自我的伤害，一入江湖，便永在江湖。

张望在望什么

读张望的摄影，我很喜欢。世界一直很热闹，引得人们扎身其中，虚掷无数时光。但繁华落幕时，身后常常狼藉一片。荣华享尽后，回首无限空虚。所以高明者宁愿孤独。他晓得八面玲珑如鱼得水之假面下的疲惫与虚伪，他甘愿退守于一隅，在寂寞中怀抱大期待，望之弥高，钻之弥深，最终获得一个更耀眼的世界。

张望十几年如一日流连佛院，终有所获，这种心灵的极大满足，非同道不能领略。这些照片看似妙手偶得，其实都是他内在佛性对外的自在投照，它是虔诚，神秘，呼应，广大，是终极的问候，是大美。

我最喜欢其中四张，因为反映了真实，够自然。我感觉到：第一张人与佛之间有神秘的交流，宛若传灯，一灯如豆，世界大放光明。第二张寺院的屋檐遥相呼应，若长城之长，无限向外延伸，象征佛法无边。第三张僧堂如水，晃动之间，一切俱变化，俱无常。第四张我佛慈悲，一切自有定数，不妨安心。也不知解释的与张望君当初创作时的念头是否一致，但我觉得，该是差不多。

生命的真谛

传说乾隆皇帝下江南，来到金山寺时碰见了禅宗高僧法磬，乾隆问："这眼前的长江浩浩汤汤，一天要经过多少条船啊？"法磬大师答："两条，一条为名，一条为利。"

法磬的回答够妙，一语道破世态。无独有偶，司马迁在《史记》中也曾写道："天下熙熙皆为利来，天下攘攘皆为利往"，略微修改，即可作为法磬答语的注解——天下熙熙皆为名来，天下攘攘皆为利往。

可见"名利"二字，是绝大多数世人生命中无法绕过的魔障。大家说起名利时脸上常作出一副鄙薄的模样，人生不过百，睡觉一张床，吃饭一张嘴，需要的真不是很多，似乎个个都是超脱淡泊。其实真正能跳出五行外的，却又没有几个。

仔细想想，名利真没什么大用，不过是一剂迷幻药，服下去醺醺然，感觉周围前呼后拥，十分受用，其实都是一时的假象，人走茶凉，当不得真。真要病来时，富贵如刘銮雄也是路都走不稳；真要背运时，威权如卡扎菲也难逃群殴致死。

所以聪明人，在世上折腾了一番之后，最后都会幡然领悟。这些活明白了的人，心里都有一首《好了歌》：

世人都晓神仙好，唯有功名忘不了！古今将相在何方？荒冢一堆草没了。

世人都晓神仙好，只有金银忘不了！终朝只恨聚无多，及到多时眼闭了。

世人都晓神仙好，只有娇妻忘不了！君生日日说恩情，君死又随人去了。

世人都晓神仙好，只有儿孙忘不了！痴心父母古来多，孝顺儿孙谁见了？

读懂了《好了歌》，人就看开了。但由此引发的另一个问题是：真要把名利抛开了，人生的动力在哪里？我们的生命该依托于什么？人生的意义何在？

《华盛顿邮报》用"人生十大奢侈品"的形式给出了它的答案：

1. 生命的觉悟与开悟；

2. 一颗自由、喜悦与充满爱的心；

3. 走遍天下的气魄；

4. 回归自然；

5. 安稳而平和的睡眠；

6. 享受真正属于自己的空间与时间；

7. 彼此深爱的灵魂伴侣；

8. 任何时候都有真正懂你的人；

9. 身体健康，内心富有；

10. 能感染并点燃他人的希望。

生命觉悟了，就无所谓世界重还是轻，一切行事都是随缘，都是行善，都是助人。你懂得爱人，也有人懂你，这时你再看外界，内心深处总是一派祥和，充满了自由、喜悦。空闲时绝不挖空心思钻营，不妨回归自然，走遍天下，看许许多多的云，过许许多多座桥，清风明月般，无求于人，便觉得坦坦荡荡，时间是自己的，空间也是自己的，一切都是自己的，过好自己，用不着管别人说啥干啥。这样的安定状态，每天晚上睡眠不安稳平和也难。睡得好，心情好，身体自然健康。

坦率地说，36岁之前，我连3件都不敢说拥有。幸运的是，现在看起来，情况好多了。我想，再多努把力，也许全部做到也是可能的。那个时候，我才敢说，关于生命的真谛，我略知一二。

证明

在还未成熟前，我们总是冲动的，要去证明自己的力量。

晚饭后，残阳还未退尽。我将自行车骑到向阳闸的时候，西天的云彩全烧红了，像饮下了无数的酒，酥软到不成形。马路两边除了悠悠荡荡的我，一脚一脚撑着，除此没有第二人。我把书包从龙头上取下，套在颈脖上，在胸前一晃，再一晃。我骄傲地直起了身体，两腿夹紧，用腿劲控制住龙头的方向。这里面有微妙的技巧，之前我已练习过无数遍，让身体忽而偏左，忽而歪右，而车子就那么直苗苗地，稳当当地，蹿向前方。我的心里刹那间溢满自豪，像是完成了一件了不起的大事，证实了自己确有伟大的神力。

更早的时候，还没读书，甚至也没有上幼儿园，我那时是个野孩子，家长上白班，我独自留在家里玩。那时最神秘的游戏，就是爬上弄子边上的楼梯格往下跳。先是三格，啪，稳稳地。然后转身，四格，啪，也成功了。到了五格，我开始打抖，汗慢慢沁出来。这是之前从未挑战的高度，但一直打算过，心里痒痒的。跳，还是不跳，我犹豫着，觉得整个身体一直延续到手指尖都是酸酸的激动。然后我跳了下去，没有摔倒！一瞬间，脸红彤彤的，兴奋得喘不过气。

我们就这样隐秘地，可笑地无意义地，纯洁地真诚地，激动人心地，一点点长大了。

会面云水居

晚饭后接到姚杰先生电话，约我晚间至其工作室一聚。到达云水居后，见其书案上随意铺放着两张国画，笔墨未干，淋漓浸润，一张题款犹空。

"等你时闲着没事，随手画了两张，还没完成你就到了，"姚先生谈笑着，"下午北京来了朋友，邀了几位同道饮茶作陪，大伙儿联手作了几幅画，余了些颜料在盘中，可惜了，干脆把它用完。"

我伸头细看，两张画都是写意，构图简洁而富韵致。一张绘就芭蕉数片，其下樱桃三粒，像是随时会被一旁的小鸡啄走，很有些岌岌可危的俏皮感觉。右边题草隶曰：红了樱桃绿了芭蕉。另一张由水中钻出一长枝，迎风劲立，瘦挺有力，稳稳托住上面绿荷叶红莲花，宛如杂技演员用一根细铁丝顶着盘子转动，甚有动感。

"你来得早，这张还来不及题词，你且帮我说说看题句什么样的诗好？"姚先生笑问。

"自然是映日荷花别样红了！"我脱口而出。我这反应速度已经够快了，谁料姚先生更快，我话音刚落，他提起笔就唰唰唰开始写了起来，落笔老到辛辣，若老藤缠树韵律无穷。

姚先生年纪虽不大，但创作无论是书法还是绘画，俨然已有大家风范，其潜在的艺术语言独树一帜，具有浓烈的个人风格，让人一眼即可辨识且过目难忘回味无穷。其绘画但求其神，人物多古怪孤寂，斜眼向人；草木鱼兽则随意赋形，三两笔就体神俱备。其书法楷宗颜体，行草学黄庭坚、米芾，隶书多从汉简中汲取灵感，大字结体宽博雄浑，小字一丝不苟。写字时笔随腕转，动作迅疾，一挥而就，望之如舞蹈演出，自由舒畅，出来的作品也是一派轻松自由，毫无滞碍，行于当行止于不可不止。

姚先生现场写完了两首诗歌，停笔后为我讲评其中意境：《枫桥夜泊》一首"月"字扁平则霜字瘦长，"落"字三点水纤细则边上各字笔画加粗，"乌"字同是长横上俯下仰，"枫"字右边同是长横则一正一斜。"渔""满""落""江"均有三点水，择一个字呈射线状，一个字呈圆点状，一个字由横变竖，一个字参差不齐。《天净沙·秋思》一首则纯用汉简笔法，初始墨浓，"枯"字的"木"字旁饱硕，则其左"古"字远远避让。"枯""静""老"三字紧密，则"树"字最后一画尽力拖下，利用飞白与前面形成浓与枯的强烈对比。

有感其字之妙，我虚心求教，他耐心地手把手地教我如何中锋行笔，如何调锋，如何布局，如何避让，一席谈话，我获益匪浅。

两个多小时时间飞速而过，告别时除了今天临时的写稿他全部送给我带回家细细揣摩，姚先生又另送我生宣纸两袋，木框装裱作品《惠风和畅》一幅，篆书贺岁作品一幅，其曰：千秋万岁，长乐未央。录吉祥语以祈福也。

一曲《越人歌》

《夜宴》开始时是一段神秘的《越人歌》，歌者的声音低沉、缓慢、断续、呜咽，一唱三叹，奇怪的丝弦弹拨之声，空灵、悠然、伤感、落寞，我的心在这流水般的曲声中柔软下来。

我其实不懂唱歌，但我真的喜欢歌，碰上好的歌，一连听上几十遍也不觉得厌烦。《越歌》就是这样的一首歌。

太子失去了爱情、权力、亲情，自贬到遥远的边陲，戴着面具整天歌舞——他是在隐藏内心的失望寂寞。世界对他太不公平，婉儿离他越来越远，而青女只是一桩政治联姻带来的躯体，从未进入过他的心。他翩翩起舞寄身于《越人歌》的哀怨声中。

人与人之间最大的寂寞，是身体相遇而不能心灵相通，这寂寞不是一般意义上的孤独，而是人类心灵深处的渴求却不可得，是《白头吟》中所说的"愿得一心人，白首不相离"然而却"蹀躞御沟上，沟水东西流"。

太子看准了婉儿，却错判了青女。青女是纯真的，简单得如一张白纸，她的心中没有争斗，心机，敌我，她只有爱，对太子的爱。可惜太子不懂，他瞧不起青女，他不认为这个女子能够配得上自己复杂的精神世界。所以他告诉婉儿这首《越人歌》无人能懂，青女也不能。这真是落花有意而流水无情了！难怪青女的哥哥要告诉她：太子的心里没有你。

所以青女的命运从一开始就是一个悲剧，就像《越人歌》所唱的那样："今夕何夕兮，搴洲中流。今日何日兮，得与王子同舟！蒙羞被好兮，不訾诟耻。心几烦而不绝兮，得知王子。山有木兮，木有枝；心说（悦）君兮，君不知。"这简直就是为当时的青女的寂寞心情而量身定做的。我一边看着电影，一边忍不住掏出纸笔，试着用现代汉语把《越人歌》翻译了一遍：

今夜是什么好日子？

我恰好在河里撑着小舟。

今夜是什么好日子？

我得以搭载了王子。

蒙君赏识见爱，

我害羞得不得了。

我一直多么希望认识王子，

那样的期待就像是山上的树木，

就像是树上生出的枝丫一样复杂，

而今天终于实现了！

可惜啊，

我心中朝夕想念着你，

而你却一点也不知。

多么美的意境！可惜这诗并非太子为青女而作，他是在为自己梦想中的完美的情侣形象而作。

但青女不甘心，她一直在等待，为太子，为纯洁的爱，为自己生命的意义。念念不忘，必有回响，太子终于在生命结束前的那一刻，在宫廷夜宴时，在青女的一曲《越人歌》的绝美的舞蹈中，在她中毒身亡前留下的那一句"太子，现在你还寂寞吗"遗言中，发现了青女才是那个自己一直在追寻的完美的爱人！她被误解着，却一句怨言也没有；她被侮辱着，却一点责备的话也不说。她只是那么安静地等着，等着，等着太子自己去明白。虽然太子明白得太晚，但只要有那么一小会儿，在舞台上，在太子的怀里，青女的所有等待就都值得了！

　　这就是爱，从不在意天长地久，追求的总是那种心心相通，愿得一人心，白首不相离！

大智

《中庸》云："愚而好自用，贱而好自专，生乎今之世反古之道。如此者，灾及其身者也。"

唯其愚也，挂一漏万，井中窥天；偶有所得，自觉智珠在握，沾沾而喜；凡获寸功，则必喜形于色，颜开心动。

唯其贱也，则神经过敏，深恐为人所轻视，风吹草动，皆以为针对自身，必针锋相对；过分自尊，乃至草木皆兵，于是乎小题大作，呼三喝四，无时不寻存在之感，使人鄙之怒之。

凡大智者，则大自信，一切尽在掌握，不必咄咄，自然谦和。凡蕴贵族气息者，必宽容而无计较，简约无华而气度雍容。此亦是中庸之道之精髓也。

转述

为庆祝同文中学 150 周年校庆，学校重修校史馆，镇馆之宝为一块石碑，100 多年前的旧物，碑文记叙了当年修建同文书院时的经历。原来当时在此地挖地基建楼时，意外得获两大坛铜钱，全是唐开元时旧物。校方运至美国，换得大笔资金，修起了这座大楼。大楼落成之日，为纪念这一段传奇，校方特竖此石碑，以英文记录之，并在石碑四周嵌入剩余的数十枚开元通宝，保存至今，忽忽已过百年。

此次重修校史馆，石碑被嵌入玻璃罩，放在校史馆的最显著位置。为了方便观者能读懂这块石碑，学校专门派出一位英语老师，将此段碑文译成中文，而后交给设计方厦门大学艺术学院进行布展。孰料布展负责人十分幽默，他从设计角度出发，觉得这一段中文太过于简短，放在玻璃罩下不够美观，于是将其放入百度翻译重新变成一段英文附在其后，而后他用微信发给我确认版样。

吾大乐之。这百度翻译出来的句子，和石碑原文大相径庭，两者放在一处对照着来读，十分喜感！

笑完之后又有所思。我想假如一首中国古代诗歌，被一位西方译者译成英文，然后又再请一位中方的译者将这段英文译成白话中文。与此同时，再请一位学者将这首古诗直接译成白话中文，然后把这两篇中文稿放在一起比较，一定也是鸡同鸭讲，十分有趣！

进而思之，5000 年来，儒道释各有黄金时代，流传下来的思想浩如烟海，有时口口相传，有时笔墨相传，这其中经过层层转述，加入了不同转述者的独特思想，流传到今天，到底还有几分是原著的思想，实在是很难说。

前些日特朗普随习近平访故宫时，他打趣说中国只有5000年的历史，比不上埃及的历史久远。习总书记的回答十分巧妙，他说虽然我们的历史不是最久远的，但我们国家是唯一把文化保存至今没有断过的。这样的回答四两拨千斤，充满了文化的自信。

不过一种文化就算没有中断过，却并不能保证一路延续下来的就是原汁原味的过去的思想。我曾在康王谷会过一位学医出身的隐者范先生，交谈中说到中国古代医学，他觉得当代中医学研究最大的障碍是语言。想想也是，既热爱医学又精通古文的，当今又有几个？

推而广之，现在不少文化研究者国学功底太弱，喜好戏说文化，狗尾续貂，胡解经典，名曰发扬国学，实则文化阉割。悲哉！

闲过

现在的中国社会，集体患了成才焦渴症。大人有职场压力，孩子有学业负担，都巴不得压缩一切闲暇时间，给自己充电，提升，脱胎换骨。闲过，已成奢望。

其实闲过，耽误不了什么。

李白喜欢闲过。小时常丢了书，山林流水花丛中乱窜，看尽云起花飞，饱听松涛鸟鸣。渴了饮泉，饥了食果。忽然一日，见老妪村口磨杵，恍然有悟，而后发奋求学，终成诗仙。后人以为是痛改前非换来的，其实哪里改了？李白终其一生潇然不羁，源头正是在童年的弃学而喜游。

黄庭坚喜欢闲闲写字，拿了向老师苏轼求教。苏轼调侃说他的字是"树梢挂蛇"。讥其长者笔画细软无力，似病蛇一条条。黄庭坚回家在灯下把字看了一遍，还真是长手长脚的，批评得很有几分道理。但黄庭坚没改。写了这么多年，习惯了，就闲闲地继续写了下去。前些年，黄庭坚书法《砥柱铭》卷卖了3.9亿，创下中国艺术品成交价最高纪录。

苏轼的另一个学生秦观更是闲过得厉害，年轻的时候不好好读书，跟了一群浪子到处游玩喝酒，嬉笑玩耍。年纪大些，大概酒喝多了，得了健忘症，一篇文章，翻来覆去，要看好几遍才记得住。怎么办？记得多少算多少吧。记不住的，就用笨功夫，把经史子集中的佳句抄下来，编了本《精骑集》，放在案头，供自己查阅。今天我们读他的"纤云弄巧，飞星传恨，银汉迢迢暗度。金风玉露一相逢，便胜却、人间无数"，读一遍，击案而赞，再读一遍，满口留香，可没觉得健忘对他的创作有什么大影响。

　　可见闲过，仿佛耽搁了很多，其实什么也没落下。每一个人的人生都是这样，看起来走了许多弯路，但真正迷人的风景就在这些弯路上一一展现着。

绝境过后是逍遥

这个周末在黄冈做了一天公检法招聘工作人员面试考官，呆坐在教室里 10 个小时，面试了 60 多个考生。每个考生面试时间 8 分钟，其实陈述不过 3 分钟，其余的 5 分钟都是在列提纲做准备。因此我有了好几个小时的随想时间，索性闭目把苏轼的黄州作品和庄子的《逍遥游》连在一起翻来覆去地畅想了一番。

乌台诗案后苏轼被贬黄州，做了 4 年无足轻重的团练副使。这次贬谪对苏轼而言是一次严重的打击，他从名满京城的青年才俊一转而为千夫所指的罪人，巨大的落差考验着他的心理承受能力。记得鲁迅先生讲三味书屋时曾谈到他的家庭由官宦之家一下子落入贫寒时感觉到的世态炎凉人情冷暖。这一点苏轼应该比他体悟得更深。脆弱者也许从此就一蹶不振借酒消愁蹉跎至老了，但苏轼不是普通人，经历了短暂的怨天尤人之后，他恢复了平静与达观，开始颠覆性地思考和探索人生，进而在政治态度、生活态度、艺术创作多方面都发生了巨大变化。黄州时期的苏轼作品远离了政治，开始回归对自然、心灵和精神的关注，政治上的一败涂地引发的空虚、无聊、孤独、寂寞与与生俱来的乐观、超然、淡泊、旷达杂糅在一起，使得苏轼黄州作品达到了巅峰境界，其文学生涯中一大批传世名作都诞生于这一时期。

苏轼的黄州作品展现出的是一个与世界格格不入四处碰壁头破血流却还在微笑着的倔强的人格形象。他在《临江仙》里曾这样写道：

夜饮东坡醒复醉，归来仿佛三更。家童鼻息已雷鸣，敲门都不应，倚帐听江声。长恨此身非我有，何时忘却营营。夜阑风静縠纹平，小舟从此逝，江海寄余生。

这首词最能代表苏轼当时内心的愤懑与自我的超脱排解。我还记得二十几年前初读这首词时，内心长久地被"小舟从此逝，江海寄余生"这两句所展现出的意象震撼着，脑中浮现出一幅悲壮的场景：阴晦凝重的天宇下，波涛汹涌的浪潮中，一叶扁舟穿梭于其中，苏轼一袭白衣，独立于舟头，面有痛色，昂首长啸……每每想到此处，我的心就像是猛然被什么揪住了一样难受。

纵情高歌醉饮的东坡，深夜踉跄归来，一时进不了屋，索性倚杖听江声。孔子云：子在川上曰，逝者如斯夫。所以流水最能勾起人对韶华易逝的伤感，苏轼想到自己人生过半却一败涂地，自然引发无限感慨，感叹"长恨此身非我有，何时忘却营营?"这里他化用了《庄子》中"汝身非汝有也"，"全汝形，抱汝身，无使汝思虑营营"之语。在庄子看来，心为形役最不值得，小人殉利，士殉名，圣人殉天下，不管你的社会身份尊卑贵贱，只要太入世，就难免为外界的功名利禄而失去了自己的高邈精神。所以苏轼决定向庄子学习，丢弃功名利禄，回归宇宙天地，驾一叶扁舟，任意西东，将有限的个体生命融入无限的大自然中，"小舟从此逝，江海寄余生"，多么潇洒飘逸，多么浪漫随性，这样淡泊超然的词句，也只有拥有豁达襟怀的苏轼才能写出！

苏轼毕竟是苏轼啊，虽然半生都在营营，为诗人之名，为官场抱负，走的是儒家的套路，但现实生活中屡次碰壁乃至头破血流之后他义无反顾地回归于老庄的怀抱，拓展出了更高远的精神空间，培育出其他作家难以企及的雄浑想象力和容纳宇宙的胸怀，造就了一个真正的东坡居士，难能可贵！

《庄子》与刘文典

上周四长弓赠我刘文典所著《庄子补正》一部，上下两册，囊括历代庄子研究的精华，条分缕析，备注详尽，我很是感激。因近来断断续续在读《庄子》，略有心得，今得此书，知前贤心得，悟未思之意，殊觉欢喜。

刘文典教授的大名，则是闻之已久了。记得2013年在省里出中考语文试卷时，省教研员刘珊老师就讲过刘文典教授的一则逸事。当时我们在找现代文阅读的材料，读到了沈从文的一篇散文，觉得文质俱佳，散淡中蕴含真情，不愧是佳作。刘老师突然一笑："这么好的一位作家，当年在西南联大教书时却被人瞧不起！"我们都很有兴趣，愿闻其详，于是刘老师谈到她从一篇回忆文章里读到的故事。当年日军轰炸，警报声响起时，西南联大的师生逃跑到郊外躲避轰炸，恰逢刘文典与沈从文同时逃跑，大概是瞧不起沈从文没受过正规教育，小说散文创作又被一心做学问的刘当作小玩意不值一提，所以刘文典一边提着长袍的下摆气喘吁吁地跑，一边回过头大声训斥后面跟着跑的沈从文："我是为庄子而跑，你跑什么跑！"言下之意大约是觉得死你一个沈从文对中国文化也没什么损失，不跑也罢。刘的狂狷由此可见一斑。后来又读过他与蒋介石之间的一段逸事，说是两人因为学生运动意见不合，蒋介石骂他"学阀"，他回骂蒋介石"军阀"，老蒋一时气急甩了他一个耳光，而他毫不示弱地飞腿回踢了老蒋一脚，实在是一个性情中人。

这几天闲暇时我细读了《逍遥游》一节，其所作注解文字确实典雅，读来朗朗上口。例如讲解"大椿"一节，他讲道："长于上古，以三万两千岁为一年。冥灵五百岁而花生，大椿八千岁而叶落，并以春秋赊永，故谓之大年也。"文从字顺，一读即解。刘文典博览群书，光冥灵和大椿两个词语他就引用了李颐和郭庆藩、司马等多人的研究文字，涉及树名、别音、习性，方方面面俱全。

　　对读书而言，我更倾向于诸葛亮的"但观其大略"和陶潜的"不求甚解"，觉得得精华而忘细节是正道，不过前贤所做的精细注解也实在是很有价值的，说不定什么时候，你一句原文没读懂，那么这些注解的意义就出来了。

造化来雕

景德镇一日，淘回三块老树根。

"这是根雕！"老板一脸郑重地再三强调。

"明明就是三块树根嘛，哪里雕了？一点人工雕刻的痕迹也不见。"我嘟哝着。

"说了是根雕就是根雕！"老板一脸固执地坚持着。

晚上回家，一块落地，一块爬窗台，一块上桌。

落地者与树为伴，根脉纵横，共呈苍劲。凹处宛若天然台基，扯一盆兰草搁上，绿的生机附着于黄的不动声色，岁月的沧桑丰满了青春的激越，死承载了生，腐朽中孕育着不朽。再往上看，树根更与右边的活树遥相呼应，诉说着绿叶与根绵绵的情义……

居窗台者状若鹿角，灵动飞扬，两根枝丫随心所欲，各以不可思议的角度怒伸出去，若神龙云中翻滚，极尽曲折。粗看彼此似乎各自为政，仔细观察却又分明浑然一体，和谐呼应。其位于装有君子兰的瓷盆之左，两者之间颜色极近，几近融为一体，远望之，左刚劲者如伟岸大丈夫，气节磊落，态度干脆；右圆融者若温婉小女子，姿容秀美，婀娜多姿，好一个天造地设！

居桌上者形如树叶，其上掏出一穴，边缘任其凹凸，承土则可植多肉，注水则可洗笔，群聊时则可弹烟灰其中，端的是百变星君，任劳任怨。最奇处是左下部陡伸一枝，恰如壶柄，打磨后光滑圆润，远望如象鼻饮水，憨态可掬。

猛然间我豁然开朗，这可不就是三件根雕！天地万物，均由造化随物赋形，其巧手所至，无物不由其雕！无雕不精美绝伦！何劳人工！看来下午所遇那位老板，俨然是位高人！

嫉妒

　　嫉妒别人，是因为你把自己和别人分裂开了。你有了攀比的念头，就会感觉到高低，无法忍受差距的煎熬。但是，如果你把自己和周围的人融合在一起呢？如果这个世界就是一个整体呢？四海之内皆兄弟，你和兄弟们争什么？所以要从嫉妒中解脱，就应尝试着去分享，去祝福，去微笑，去给予。

　　有同学学习出了问题，你花时间去给他讲解，不要觉得你吃了亏，浪费了精力，在帮助别人的时候，你的解题思路变得更加清晰，你的内心充满了愉悦，你的精神获得了安宁。你帮助别人，是因为你把对方当作了自己，他需要帮助，你伸出援手，他会很感动，你也会很满足。你同时还会相信，在自己遇到困难的时候，周围一定会伸出无数双援手，这种不孤独的感觉很幸福。

　　当然，放弃嫉妒很难，因为舆论总是在号召竞争。如果你不能意识到你在别人眼里形象的高低取决于你能为他付出什么，你就永远会陷入自私狭隘的天地孤芳自赏难以自拔。

老师的权力

在教育的过程中，教师拥有管理的权力。为了维持班级教学活动的正常开展，我们会对班上学生做种种纪律要求，所谓严师出高徒，就是这层意思。

纪律必须遵守，没有规矩不成方圆。但是在执行纪律时，应该掌握好尺度。因为纪律并不是放之四海而皆准的，不同的孩子价值观不同，生活习惯不同，身心发育的状态不同，所以需要把纪律调节到合适的程度去约束他们。因材施教，这是千古不易的道理。教师使用纪律，就好比高明的中医开出的药方，同一种病，因为患者的体质不同，经过望闻问切，医生开出的药方便会有相应的差异。同理，一种纪律对这位同学有效，但碰上另一位同学也许就会火上浇油，适得其反。所以老师要对症下药，研究透学生后方可游刃有余。

纪律并不是冷酷的。好的纪律不是处罚，不是施虐，不是冷冰冰的"你必须这样做"，它会让孩子失去自我同时心怀不甘，它会招惹孩子的不满和愤怒，它会适得其反。一旦你满脸厌恶地走进教室，孩子们便会觉得你面目可憎，与他们不是同路人。一旦学生感觉到自己在课堂上做的每一件事都是被迫的，哪怕你的初衷再美妙，你的方向再正确，一切都是白谈。

纪律应该带领孩子成长。好的纪律具有生成性，它会引导孩子看清未来的路应该向哪里走，能让他们找到自我，变得内心平静，能让他们了解自身的优势所在，并尝试运用自己的天赋，把内心深处的潜质彻底发挥出来。所以纪律是帮助，是引导，是启发，而不是谩骂，侮辱，攻击。纪律想要抵达的是自我的要求和管理，而不是被动的强迫与压制。

教育的本质

早起读到《民国教科书》，感触很深。

"竹几上有针、有线、有尺、有剪刀。我母亲坐几前，取针穿线，为我缝衣。"寥寥数句，流露出来的劳动之美，人伦之美，家庭之爱，生活之平静安和，远胜万语千言。

教育的本质不是考试分数的攀比。教育者如果在这一点上有了虚荣心，有了攀比欲，整个社会也就步入误区，只看分数不论素养！

这几天在澳洲不停地听课，使我不止一次地感觉到，先进的教育思想与手段都不是西方专有，就在几十年前，我们的祖辈和父辈重视劳动的生活态度与澳洲人非常相似。只是近30年来，我们的教育观出了问题，对劳动存轻视态度，有拜金思想，认为读好了书就有好工作，有了好工作就有钱，有了钱就有人帮我们做任何事。

澳洲中学的选修课中我看了烘焙课，教人做饭；服装设计课，教人缝纫衣服；木工课，教人做桌椅衣柜；摄影课，教人洗照片。一言以蔽之：教人生活。

是的，学会生活，才是人生第一等大事。

浅论中国学生学习焦虑感之根源

此次赴澳考察交流中学教育已满两周。感觉中澳教育没有优劣之分，两国的教育之所以呈现完全不同的两种模式，根源在于人口、资源、对蓝领工人的社会态度。

中国教育重在理论扎实，强调纪律，重视分数，重视精英，根本原因在于近几十年来人多地少，资源缺乏，社会呈现金字塔状态，底层蓝领人数最多而资源拥有最少，人心趋向于向上层不断流动，所以学习上常怀有力争上游的动力，因为愈往上愈能占据更多资源，也愈能受到社会认可和尊重。而学习能力不强的学生，便容易产生前途渺茫的焦虑意识。

而澳洲是一座大孤岛，脱离大片的陆地而存在，独立于广阔的太平洋之上。全国领域广阔，而人口仅两千多万。这样的地理环境使得人民散居各处，难以形成精细化分工，一个人什么活都得会做才能得以生存，所以十分重视动手能力，劳动者的地位一直非常高，蓝领的薪水普遍高于白领，这就从经济层面弱化了人们对于高学历的偏执，消除了学习上的焦虑意识。

在澳大利亚，学习成绩的好坏并不决定一个人的未来的幸福指数，如果一个学生学习能力强，他可以进入大学深造。但如果不善于理论研究，他同样可以开心地选择职业学校，掌握一门专业的技术，进入合适的岗位，拿很高的工资过上幸福美满的生活。正因为如此，所以澳大利亚的学生在学习上无须有焦虑感。而这在千军万马挤过高考独木桥的中国是不可想象的。

因为心态平和，选择面广，高考并不是唯一的出路。所以这里的中学生愿意学丰富多样的与高考关联不大的课程，比如烹

饪、木工、铁艺、服装设计等多种技能课，在学校获得实际生活技能。学生可以在 10 年级结束后自主选择考大学，或是进入 TAFE（澳大利亚的职业教育培训体系）继续学习技能后走向工作岗位。

由此观之，要想消除中国的学生学习上的焦虑感，首先应从革新国民对职业地位高低判断的观念开始。什么时候中国不再轻视职业劳动者，让蓝领的工资待遇超过白领，让蓝领的社会地位与白领一致，让普通劳动者受到人们的尊重，让职业学校不再是差生的代名词，让大学不再是谋一份好职业的唯一选择，那么学生在学习上的攀比心、焦虑感就会大大减轻。

对学生个体尊重的浅思考

记得中考复习课上曾带学生读过一篇短文《每一朵花都是美丽的》，主人公小男孩因为失聪，无法正常学习，各科成绩均不理想，但在父亲的鼓励下，常怀自信，终于创造完成了一组泥塑，获得了大奖，得到了全校师生的掌声。这则故事的本意是赞扬父爱的伟大，但从另一方面来看，也正体现了中国古代教育中有教无类、因材施教的健康教育观，其根源是教育对学生个体的尊重。

一、对所有的学生都存一份期待

一个优秀的教师，首先要摒弃功利性思想，不唯分数论，不把考试成绩作为判断学生层次的唯一标准，那么一个新的场景就会呈现于你的班级中——人人都是天使，百花齐放各有所长。从生理学层面来讲，这也是符合科学的。当代科学研究证明，人的大脑发育有偏重左脑与右脑之分，学生有的擅长语言表达，有的爱好逻辑数理；有的工于文艺运动，有的偏长人际交住；有的专研统筹设计，有的充满奇思妙想。因此我们的课堂不是培养全才的地方，而是最大限度地帮助学生发现自我优势，定位自我位置，进行专项提升的地方。

二、教的是思维而不是知识

课堂学习就像是一次旅行，没有导游的指引你会错过很多景观，但导游喋喋不休更会让你烦不胜烦。所以好的导游擅长适可而止，而优秀的教师也肯定不会在课堂上替学生包办一切。他将用倾听或者观察的方式确定学生学习的方向和需要，在其中予以恰当的助力，让学生最终的课堂学习成果具有独立性，树立学生的学习自信力，确定学习者的主体地位。

三、作业布置和批改的技巧

教师布置作业的目的不是测试学生是否学会了，而是引导学生往更深层次去探究。所以作业布置不能求全求齐遍地开花，这样的作业看起来面面俱到无懈可击，但学生做的时候常常会觉得五花八门无所适从。以语文课为例，小作文性质的阅读感受、人物性格形成分析、作品构思结构探究、语言风格体悟、议论评价等方式，都是很好的课外作业形式。面对学生精心完成的作业，教师不能一钩了事，而应找出不同的问题与不同的学生展开讨论并给出建设性的意见。这样的反馈具有描述性而非结论性，有助于学生更好地发现不足，找到进一步改进完善的方法和方向，进一步提高自己的学习能力。

克里斯的木工课之思考

因为中国学生动手能力偏弱，本次考察我对实践操作性课程予以了较多关注。克里斯在沃拉戈尔地区学院九年级教授木工课，恰巧我借居在他家长达两个星期，近水楼台先得月，得以进入他的课堂聆听了他的授课，并在闲聊时进行了较深入讨论，对手工制作这一类型课堂多有感悟。

一、工具的重要性

没有齐全的设备就不可能有成功的课堂。克里斯的木工教室装备齐全。工作台、工作用具柜、全套操作工具、切割机器、保护设施一应俱全，这使得他的课堂在实践操作时不会沦为空谈。

二、完成作品的重要性

学生在木工课上可以学会制作的东西有小件的积木、多米诺骨牌、相框等，也有大件的板凳、座椅、木柜等。木工课不强调速度，但要求一定要有成品，不允许无所事事或半途而废。学校在专门区域展示学生的优秀作品，培养孩子的自信心和自豪感。

三、培养学生综合能力

木工课不仅仅是教会学生一种生活技能，锻炼学生的动手能力，同时也对学生的综合能力进行训练和培养。

1. 学会合作。

合作学习培育了学生较强的交往意识和能力，开发学生的人际潜能，让学生明白成功有赖于团体的合作努力，从而建立起相互信任的关系，增强了友谊和互信。

2. 培养学生的设计规划能力。

在一系列的木工实践活动中，学生必须学会拟订计划、理论准备、形成图纸、分批制作、组合成型等步骤，培养了学生思维的严密性和规划能力。

3. 培养学生的创造力。

现代社会倡导改革创新，而木工课给予了学生创造的空间。学生不用拘泥于课本，摆脱了千篇一律的思维，力求作品百花齐放，体现出独特性和唯一性。

4. 培养学生的时间管理能力。

学生要想按时完成一件作品，一定需要管控好时间，严格遵行计划，随时反思计划完成的情况，培养严格的时间概念。

5. 解决问题的能力。

在完成木工作品的过程中，学生会遇到许多问题，如何解决这些问题既能锻炼学生的应变能力，又可以增强学生的抗压力。

总之，木工教学这一类实践课程绝不仅仅是一项技能培训，它对发掘学生创造潜力具有深远意义，为他们未来的成长、发展打下良好的基础。

澳洲制作

那一天在学校操作室看完学生制作的多米诺骨牌，我一时兴起，对边上的学生说："我要上机试试。"一句话吓坏了那孩子——兹事体大，他哪敢做主!? 连忙请来了老师傅。

老人家将我上下打量了几眼，五大三粗的也还像个干活的人，也就不客气了，噔噔噔跑出去找了副护目镜让我戴上，一把将我领到机器前，开始速培要领：开关在左上角，绿灯为开，人身立稳，三指斜持木块，位置偏下，方便转动，木屑及时清理，事毕右膝叩关机键。

老天做证，我瞬间居然全都听懂，五分钟后即独立上岗，十指翻转之间，俨然是个熟练工模样。到底要做个什么呢？这几天一路参观下来，有人做屋，有人打柜，有人造板凳，本人虽然胆肥，也还有自知之明，以上皆不敢染指，就依葫芦画瓢做了个硕大的骰子，从一点到六点个个"眉清目秀"，十分憨厚可爱。完成后自我欣赏一番，颇为满意，当即厚着脸皮满脸堆笑要老师傅开个绿灯允许我公物私藏。老人家念我是外宾，笑着应允了，嘴中幽默了一句："出去千万别告诉其他人!"引得众人大笑。

我如获至宝放在手上把玩了一天，心想回国后定要刷上白漆，点上红漆，打个洞别在腰间照张相，题名曰：国外学艺，通吃八方! 想必此照极能唬人!

大众教育首推学会生活

　　吾国之教育典范，首崇孔丘。丘弟子三千，贤能超群者约七十人，余者无名传后世。吾常思之：精英教育与大众教育并存，千古不易。然则大众之教育所贵者何在？未成名者受教于丘，所得者何在？学问之道，人生之乐，勤之外无可论否？

　　今日吾国之教育，于精英处着墨甚多，北大清华二府深入人心，各类竞赛冠军为人乐道，考试光荣榜铺天盖地。然此皆大众之百一，余者默默无闻，教育之光未遍泽其中，内心未立信心，未享喜悦，未得自尊，未确立人与世界之地位价值意义。然此之大众，正为十余年后社会之基石，大众之精神若不得以充分发育，则国之澎湃精神亦难得以张扬！吾常观西人之电影，虽以娱乐为旨，其间于国之大义亦常有宣扬。而吾国电影如《小时代》《盗墓》者，声色犬马怪力乱神之外，一无所教，然票房屡创新高，令人瞠目。今日中国大众审美品质之劣，可见一斑。而究其源，与所受教育之不充足不无干系。由此观之，大众教育，应大力关注健全心灵。

　　而心灵之健全，有赖于信心之建立。学会生存，学会生活，而后能掌握生命，享受生命。今日之学生，一味埋头于纸堆，冥思苦想，于考试上用力甚剧，妄以此定人之高低。其中四体不勤五谷难辨者甚多。其心理之扭曲，于日后独立生活为害剧烈。一则不愿致力于小事，心存鄙薄；二则无生存之情趣，难享普通生活细节之美。

　　余思近日异国所见，其于理论学问之道，吾一笑而已，所学甚浅，所教之法亦见仁见智，吾不全赞之。然其于生存能力培养用力之深，吾深赞之！澳人甚推动手能力，学生毕业时，家庭生活常用技能，如木工、裁剪、水电、饮食、机器操作，均有基础。证之于吾所寄居家庭，夫妇二人，平日之生活，种树收果，锄草施肥，修理汽车，制作桌椅，烘焙糕点，无所不会，且乐在其中，可见教育终将惠泽生活，其重要万不可等闲视之也！

吉他声

维多利亚州国家美术馆前，歌手在唱歌。

一个醉了的乞丐站在他面前，泪水沾湿了面庞，无助地挥摆着双手，嘴里冒着一连串绝望的话语，像是在向歌手倾诉着。而歌手只是笑着，唱着，拨弄着手中的琴弦。

两个年轻人相拥立在歌手面前。爱情的甜蜜写在他们的脸上，萦绕在他们交缠的十指间，流淌在他们彼此依恋的拥抱中。他们鼓掌，把钱币真诚地投进地上的礼帽里。而歌手只是笑着，唱着，拨弄着手中的琴弦。

歌手面前空无一人。街道上的来往人群行色匆匆，他们为生存在奔波，思考着一大堆解决不了的烦恼，没有人有多余的心情关注眼前这位不起眼的歌者。而歌手只是笑着，唱着，拨弄着手中的琴弦。

今天的太阳很好，琴弦上流淌的音乐声很妙，歌手满意地笑着，唱着。

民谣歌手

在墨尔本地标建筑 Flinders Streets Station 前，一个流浪歌手靠着人行道的树边弹拨着吉他动情地哼着一首民谣，伤感而舒缓的声调，性感的鼻音，寂寞的神态，隔绝开了闹市的喧嚣，仿佛水晶球里映出了一个新的世界。

我和一对外国青年站在一旁静静地听着。歌手眯着眼睛完全沉浸在自己的白银般的声音中，金色的阳光毫不吝啬地大片大片地倾泻在他的身上，把他和他手中的乐器照得一片辉煌。

歌声停止时，听歌的那位男青年走上前去，盛赞他的歌声动人，与他热烈地拥抱，长时间地交头接耳。而同行的女孩子，则默默地蹲下身。我看见她打开自己的皮夹，倒出来一大把硬币，全部放进地上的帽子中。

这就是西方人的率性可爱之处，四海之内皆朋友，无不可交之人！

桥

与 Chirs 一家人今天到达的最后一处景点是大木桥，气势恢宏，横跨公路，左右各接入深山。

下车时整个景点空荡荡的，只有五个年轻人聚在桥下。不一会儿，我听见其中一个女孩发出了尖叫声，她跳着扑进了旁边男孩的怀里，其他三个人在一边用力鼓着掌，拍他俩的肩膀，与他们拥抱，嘴里还在说着些什么。接着他们又长久地拥抱在一起，女孩的手上还紧紧握着一个精致的戒指盒子。我和 Chirs 彼此对视眨眨眼，会心一笑——明白啦，这是在求婚呢！

我们从边上经过时他们都未察觉。本来想上去用中文祝福两句，转念一想得啦，到时候你来我往连猜带蒙地别把他们带到沟里去啦，还是免了吧。走到桥的另一边时我看了看桥边铭牌，木桥建于 1919 年，距今快满百年了，我踢了一脚桥身，跳起来跺了跺脚，木桥纹丝不动，看来还能再屹立百年。在这么坚固而又充满历史感的木桥前求婚，真有说不尽的韵味！站在桥上，我把想当面祝贺他们的话远远地说了一遍：嗨，你们好，我来自中国，我在这里，祝福你们的爱在今后的人生路途如这木桥般历尽风雨而能安稳如初，情比桥坚！

不可南辕北辙

学生凡学业受困，转而牺牲休息时间，欲要从题海中杀一条血路抵达通悟之境，常事倍功半，茫然失措。缘何？心未静，人未定，思维未开启，内乱而求诸外，其谬也。

《楞严经》有云："如蒸沙石，欲其成饭，经百千劫，只名热沙，何以故？此非饭本。沙石成故。"此句借而喻无法之蛮学，可窥其谬。孔子云：朽木不可雕也！亦是此意！

是故，学欲有所成者，首推做人。吾校有校训曰：读好书，做好人。精短二句，二用一体，其蕴深也。人不做好，百般烦躁，千种心机，读什么书？

神赞禅师有诗偈云：空门不肯出，投窗也大痴。百年钻故纸，何日出头时。

值神赞自百丈处得法后回归受业寺福州大中寺，其为业师以纸糊窗，业师于窗下读经，见一蜜蜂撞窗纸而不知寻大门，扑腾多时未能出，神赞遂有此诗。其言本在修禅，亦可用于教育。盖人皆有心门空灵，无物不含，其洞开方能求知。若人不循此门径，转而劳心累形往身外去求悟，则愈求愈远，不得根本也。

学习当然靠自己

时隔三年，又迎来了一个起始年级。家长会后，电话、微信、短信雪片一样飞来，能够感受到家长的热情。谈得最多的，当然就是学习。有没有一个一劳永逸的学习方法？孩子们该买哪些课外书读？专家们推荐的必读书目要不要全部读完？课后需要补课吗？上课要注意哪些环节？作业之外要不要做一些课外习题？作文怎么提高？书写的要求是什么……

我能感受得到家长的急切，也尽我所能予以解答和提示，因为我觉得：世间学问为大，对学习的任何关注，无论涉及关节，还是只达皮毛，都是值得尊重的。但是，话往回说，经验再多，建议再完美，毕竟是别人的，性格不同，经历迥异，境遇差异，想要套用别人的经验，有时会事倍功半，门都进不去，南橘北枳的情况实在是屡见不鲜。

这是为什么呢？我觉得根源是世间一切事做起来要靠亲力亲为去切身体悟。外界的经验和建议如果不经过自身的体察和感悟，不融进心灵的思索，盲目推进，最后的结果就是水土不服或者一叶障目。所以家长再热情，也还要看学生有没有进入状态。

由此看来，家长们在新的学习阶段最要关注的，不是以上那些细枝末节，而是你孩子此时的学习状态！关注物哪能比得上关注人？且抛开眼前的重重表象，将焦点集中在你的孩子身上，去观察：他在学习吗？有没有自己独立的思考？他的兴趣在哪里？学得快乐吗？他还需要什么……

回到了孩子身上之后，学习才回归到了它的本质，那就是个体自身通过求索不断地收获和提高！毕竟，学习，是学生自己的修行，不是家长的操作与安排。有些事，还真得靠自己。下面我翻译一则禅宗故事来印证。

宋代崇安开善寺道谦禅师，跟随大慧宗杲禅师在径山学法，亦步亦趋，二十年都无所成。

眼见道谦眼中只有师父，没有自己，一天，宗杲禅师命令道谦禅师前往长沙给张紫岩居士送信。道谦禅师很不愿意去，心想："我参禅二十年，门都还没入。再出去奔波一趟，道业就要荒废了。"宗元禅师听说后，鼓励他说："路上不也可以参禅吗？我与你一起去。"

在途中，宗元禅师点悟道谦说："你先把二十年来参悟的东西和师傅们教会你的东西都放下，都忘掉，现在只管一心去旅行。途中可替的事，我都替你去做。只有五件事替你不得，你须自己去承当。"道谦禅师便问："五件什么事？愿闻其要。"宗元禅师道："自己吃，自己喝，自己拉，自己撒，自己走路。"道谦禅师一听，恍然大悟，明白了凡事要靠自己，求助于外界无异于缘木求鱼，当即放下了外界一切，直接回归了自己，一时间明心而见性，高兴得手舞足蹈。

等到道谦禅师回到径山时，宗杲禅师在半山亭远远望见道谦禅师，开心地说："这家伙悟道了，现在有了自己，浑身上下连骨头都是新的！"

我们的学生们，什么时候也能浑身上下连骨头都是新的呢？且期待。

表达

早晨 5 点半起来，洗漱完毕我在入户花园灯下会写一会儿字。等到儿子的房间窸窸窣窣有了动静，我便转到厨房烧一壶开水，然后转身到书桌前继续写字。

用不了多久，儿子开了房门，几间屋子穿来穿去忙上十多分钟，然后房间里又安静了下来。这时候我知道，他一定是在自己房间开始晨读了。

我继续安静地写字。正写到起劲的时候，儿子在他房间用隔着一条河叫喊渡河的艄公的拖长了的声音喊着我："爸爸，帮我灌一杯水好不好？"

这个时候，不管我写得有多么舒坦，心里有多么地美，也一定会立即放下毛笔，笑嘻嘻地走进儿子的房间，从他书包侧面的口袋里掏出保温杯，拿到厨房清洗一下，然后拾起电热水壶给他灌水。

咦？我一愣，水壶怎么是空的？！刚刚分明是烧了一壶开水的啊？我疑惑地拿起旁边的开水瓶，沉甸甸的，原来开水已经灌进这里了！我一边打开开水瓶替儿子灌水一边忍不住笑起来，怪不得刚才写字时听见厨房有些动静，原来是儿子看见电热壶中水开了就顺手把它灌进了开水瓶。他虽然是这么勤快，但却绝不肯顺手花一分钟把自己的水杯也灌满，因为，这个得留给他的爸爸来做！这就是他和爸爸之间的一项乐此不疲表达亲热的仪式，每天上演，从来不腻。等到我进屋把水杯放进他的书包，笑着说："儿子，水灌好了哈！"他会甜甜地答应一声："好！"这时候仪式才宣告结束！

在灌开水仪式之前，在儿子更小一些的时候，在我家里长期保留过另外两项仪式。

一项是陪伴仪式。那时候是初一，每逢学校要大考，期初啊，期中啊，阶段性啊，期末啊，在考试前几天，儿子要复习到很晚，这时候他就会提出要求：让妈妈晚上陪自己。只要获得了应允，他就会喜笑颜开，一晚上都屁颠屁颠的。开开心心复习完了功课后，他就跑进我的卧室，拿起他妈妈的枕头和毛巾被，再折回他的房间，让出自己的单人床，帮妈妈把床铺好。而他自己呢，则把沙发床打开，铺上枕头和毯子，睡在书桌旁边。我在一边摇着头："儿子你累不累啊，这么麻烦？""你睡这沙发床，中间折叠的地方会凹下去的，你躺着腰不难受吗？"而他们母子俩照例是不搭理我的，只管叽叽喳喳地说着他们的话。我也就只好无趣地退出儿子的房间，回自己的屋里睡觉去。

那么，妈妈不陪伴着睡觉的时候又如何呢？儿子另有他的第二种仪式——晚安。

每天关灯睡觉后，儿子便会隔着两间房朝我喊："爸爸，晚安!"我答应了一声。不一会儿，他又叫了："妈妈，goodnight!"妈妈又答应了一声。没过多久，他又传来一声："祝你好梦!"这时候我俩都已迷迷糊糊了，谁也不愿答应，于是一片沉寂。这时候，第二遍声音又会固执地响起来："爸爸妈妈，祝你们好梦!"我知道赖不过去的，咕哝了一句："好梦。"然后儿子心满意足地安静了下来，不再出声了。

我享受与儿子之间的这些仪式。人与人之间情感的表达，诉诸语言，有时候总觉得不那么自然，用另外一些方式表达，反而觉得更加舒服。

古代交通不便，距离遥远的人之间见一面很难，比如说一个在长江之头，另一位在长江之尾，思念虽深就不可常遇。如若碰上了这样的情况，便只能将这绵绵的情意托寄于滔滔的水中，想到流经我的这江春水也曾流过她的身边，想到她低头饮过的江水带着唇香又流到了我的手前，思念着的心便也就得到了些许安慰。

比如说朋友远谪，要去的地方竟然遥远到比五溪还偏僻。想到有生之年至交之间可能再也无法相见，两人分别时自然是送了一程又一程，除了不舍还是不舍。这时候天上一轮明月很通人性地穿出云层，洒下柔和的轻抚人心的满地清辉。那也就只能把这思念的情绪交给神秘的月亮，让它陪着朋友踏上征程，一路万水千山不再寂寞愁苦。

……

这些表达不都很美吗?

让你的孩子为别人做些什么

我们需要鼓励孩子多为周围的人做些什么。

比如在家里替父母亲洗碗，擦地，端一杯温开水，擦一双皮鞋，下楼买水果，晚上道一声晚安……比如在学校帮老师清理讲台，替老师搬作业，拿包，拿录放机，给学习能力差一点的同学讲解习题思路，扶体育活动受了伤的同学上楼，捡起旁边同学掉在地上的课本，把倒了的垃圾桶扶正……

比如在外出时给马路边的乞丐施舍一枚硬币，看见街边的小本经营的商贩时停下来买一两样小玩意，发现有漂亮的贺卡给自己的好朋友买几张写好了祝福寄出去……

当你怀着一颗赤子之心真诚地去做这些事情的时候，你会感受到付出的快乐，明白生命的价值不是自我攫取到了多少，而是你能为周围的人们服务多少。在奉献自己的时候，我们的生命会达到更高的境界，我们不再孤独无依无靠，我们与周围的一切密切相连融为一体，并由衷地感到温暖和安全。这样的安全感，只有在彼此付出相互满意时，才能够体会得到。

家长总爱抱着攀比的意识来对待孩子的教育，别人家的孩子学弹琴唱歌跳舞我家的孩子就一样也不能落下；别人的孩子学奥数、作文、外语，我家的孩子也得去报名；别人家的孩子天天晚上做课外习题到 11 点，我家的孩子 10 点半就绝不能睡觉。从还是一个孩子开始中国人就有一种焦虑意识，这样的焦虑意识使得家长索性剥夺了孩子的劳动机会，他们替孩子包办了一切，好让孩子能腾出全部的时间去学习。在这样的生存环境中，孩子很容易形成自私的心理，他们会觉得周围的人为他所做的一切都是理所当然，用不着去感谢，也不用想着回报感恩。

也许他们会在不断的补课拼命的学习中变得成绩优异，甚至进入名校，毕业后得到一份既体面薪酬又高的好工作。他在一个比较高的平台上也能轻易地获得名利，金钱，地位，实现家长对他们的期待，过上标本式的幸福生活。但请相信我，要想获得幸福感，这还远远不够。虽然有了名利，但他们同时也在彼此猜疑戒备中感觉孤独和无助，会在无止境的相互争斗倾轧中感到茫然若失和不满足不开心。他们能攫取在手上的只是一些虚幻的快感而已，在他们的内心深处，与周围的世界融为一体的归属感一直缺席。这，就是当代中国人的孤独与痛苦。

也许，是时候了，我们应该让孩子在勤奋地学习之外，还要学会经常地停一停脚步，脱身于功课，去想想能为身边的世界做些什么，去想想父母亲需要什么，同学需要什么，老师需要什么，学校需要什么，自己天天坐的汽车需要什么，家中的那几条金鱼需要什么，窗台上的吊兰和海棠需要什么，路边的行道树需要什么，那些早起的清洁工人需要什么，你在食堂打饭时那些工人需要什么……当孩子们想为周围的世界去做些什么的时候，一个快乐的大我才能在他们的心中茁壮地成长起来。

论字

午饭后步行至文化宫观书法展，随姚杰兄移步观字。姚兄于书法见解精妙，兼多年淫浸其中，四体皆擅，尤精篆草，各大流派烂熟于胸，其现场逐一点评近二十幅作品，作者品性、风格、渊源、得失，缓缓道来，旁征博引，目光如炬。

其间，曹龙翔老先生至，姚杰老师盛赞其字得意处无人能及，酣畅淋漓，极为雄浑，得行草之正宗。然亦不避缺失，道此幅字仍有败笔，盖兴致至极，乃失于控制。其言辞恳切，正是读书人做学问之真态度，绝无丝毫虚饰。曹龙翔老人年逾八十，亦从谏如流，气度淡定，和蔼可亲，难能可贵也！

灵光乍现

人羞耻感的根源，是你认为自己在某个方面的表现是错误的残缺的不圆满的，所以你才会千方百计加以掩饰，让它成为一个禁区。而一旦这个禁区为他人所察觉，你就会感觉到深度的自卑，甚至走向抑郁。

但其实客观想一想，谁能够做到十全十美？就是名人也总会有或多或少的毛病瑕疵，何况芸芸众生？因此我们能够拥有的最好的心态是——学会笑着向周围的人坦承自己的不足，甚至学会调侃自己的缺陷，同时深信：哪怕我们有这样那样的不足和毛病，但整体上还是不错的，还是会被周围的人去爱着认同着，所以我们无须掩饰，无须自卑。

洗脚

话说苏轼贬到海南，蛮荒之地，物瘠人稀，百物短缺，他老人家实在找不到什么可炫耀的，最后想到了这里洗脚挺自由，想怎么洗就怎么洗，想用多少水就用多少水，于是又高兴起来，咧开嘴笑了。于是写了一首诗：

长安大雪年，束薪抱衾裯。云安市无井，斗水宽百忧。今我逃空谷，孤城啸鸺鹠。得米如得珠，食菜不敢留。况有松风声，釜鬲鸣飕飕。瓦盎深及膝，时复冷暖投。明灯一爪剪，快若鹰辞鞲。天低瘴云重，地薄海气浮。土无重腿药，独以薪水瘳。谁能更包裹，冠履装沐猴。

根据当代的足疗理论，这两脚上面，有穴位几十处，常濯之可畅通血脉，排出毒素，强身健体。当年苏轼没想这么多，他泡脚的唯一目的就是防止脚肿，因为海南岛实在太穷太偏僻了，真要是脚肿了，连包治脚的药都买不到，所以每天晚上一定要把脚泡舒服了泡软了泡到全身都安适了再睡觉。

为了显摆一下此处泡脚的奢侈，他对比说当年在长安时大雪天的时候冷得不得了，但是那里的柴火太贵，所以舍不得烧火，甘愿裹着被子瑟瑟发抖。后来迁到了云安市，这地方没有水井，当地的老百姓吃水要到很远的地方去打，所以滴水贵如油，能得到一斗清水，觉得百忧皆可排遣。把两者加起来一看，这洗脚第一得有柴火烧水，第二得水源充足，真要做起来也不是那么件容易的事。而海南岛虽然穷得兔子都不拉屎，一粒米比珍珠还贵，天气又闷热潮湿，菜晚上没吃完放到第二天早上一定就坏掉了，可是这里水多树多，洗起脚来真是百无禁忌，快活得很！

为了强化自己洗脚时的扬扬得意，他精描细绘了整个洗脚的过程。先把开水烧得沸腾起来，发出风吹过之后的飕飕之声，据说水沸腾到这种程度，用来泡茶最能够见茶叶的韵致，而今晚全部倒在缸里面泡脚，实在是土豪得很！这水那叫一个烫啊，苏轼他老人家龇牙咧嘴的，两只脚轮流放在热水中去，一只脚放在外面冷一下，另一只脚碰到热水之后，烫得受不了赶快抽出来，就像飞禽落在树上又立刻飞起来，接着又把另外一只在空气中冷却了的脚重新放进热水，如此周而复始，生动至极！

我们现在常常说革命乐观主义精神，东坡实在可称得上是祖师爷。

读书

今晨阅唐船子德诚《垂钓偈》，意味深长。其诗曰：千尺丝纶直下垂，一波才动万波随。夜静水寒鱼不食，满船空载月明归。

五千年来，万千圣贤智慧，相互生发印证，凝成知之精义，可谓博大精深。吾等就学，如垂钓潭边，钓丝尺尺下垂，初看潭水波平如镜，然求知之丝缓落，愈来愈深，愈深愈觉潭下风景之奇绝。此乃以生命去印证智慧，生命愈沉潜，领悟愈深刻。

这样一层层一尺尺地去探寻人类的智慧，好比是灵风拂潭，一波乍起，一念而生，此念绵绵不绝，相继催发万千之波，波波相随，互为因果。此正是打通了求学之关节，一通而百通，百通则无不通也。古人把这种境界叫作顿悟通达，人到此境界，则有凌空御风遍体通盈无物不达之潇洒气息。

这样的气息在我们刚刚开始决定求学的时候是想都无法想到的。生命就是如此奇怪，你的理想有时像潭中的游鱼，水寒而深潜，迟迟不肯上钩，让你想得而不可得。但是只要你努力过，上天总是不辜负你的，你只管去做静静地放线，静静地等待，看月光之大道洒落在人生的每一片波浪上，月映万川，万波智生，突然一下，你的脑海中灵光乍现，把钓竿一扔，起身看脚下的船，正是满满一船月光，它们全部都是你的，任你享受！

原来有的时候，理想不是用来实现的，它是用来点化你的，让你在追寻的过程中，别辟蹊径地另外去获得人生的智慧。此所谓得鱼而忘筌也！

无境不存

今晨读《东坡养生集》之《流水》篇：人多疑流水、止水无别。予尝见丞相荆公，喜放生，每日就市买活鱼，纵之江中，莫不洋然。惟鳅鳝入江水辄死，乃知鳅鳝但可居止水。则流水与止水果不同，不可不信。又：鲫鱼生流水中，则背鳞白；生止水中，则背鳞黑而味恶。

吾乡有两湖，一曰"甘棠"，一曰"南门"，多年疏于浚通，屡治而无功，逢夏则水藻遍生，腐臭长存。言南门者以示其方位，真是南门；言甘棠者原喻水之清美，则今水之不甘者已久矣。若依苏子之语，是水则为止水——居民之日用污水屡进，而湖水不得出至扬子江，愈积则愈止，愈止则愈污乎。

湖畔偶有垂钓者，所获鲫鱼，余不知其贾之于市也，抑或自烹之于家厨乎？余亦不知此鲫背鳞白也，抑或黑而味恶乎？

吾乡之民多不喜食两湖所产之鱼，觉味腥而肉僵。秋冬之季，常有十余小舟四散，数十人居其上拉网以捕鱼，所获入集装之车，输氧以助其活跃，运至他省而售。而吾乡集市所售之鱼，据云又自外地运来，夸曰味美甚于本地之产——然亦不可知其源之实，姑且自我安慰也。

今日举国之水质皆堪忧，水产之物多有不安之实，人人知之，而莫可奈何！现徒以车运鱼彼此交换，以求眼不见之心安，亦是黑色之幽默也！

阅朱清时量子力学稿

今日晨起，再阅朱清时院士量子力学讲座稿，结合近日所阅道家典籍及过往阅历，深感客观世界是主观意识的产物。

在人类有意识之前，世界是大道运行，生生不息，天机不可测。这是世界的本质，这也是人类的悲哀，它显现出人类面对这个世界的无能为力。但人类是骄傲的，他不肯忍受自己的不作为，总想强调自己对这个世界的解释力和控制力，于是他要努力给一切下定义，作解释，要建立一整套的知识体系来规范说明世界。有了这样的规范之后，人类觉得自己获得了安全感，这个不可知的世界像是一头猛兽被人类套上了头套，任凭人类驱赶，这让人类十分得意。

举一个例子。好比一张看不见的手在转动着万花筒，筒中呈现出不断变化的图案，它没有任何规律，一切图案形式都有可能会出现。这就是"一念不生全体现"，一切都有可能出现。但是一旦你对它发生了兴趣，"六根一动"，要去寻找万花筒的运行规律，那么万花筒的本来没有规律千变万化在你的研究开始的一瞬间就发生了坍塌，大部分东西失去了，一小部分的规律被你获得了，你的研究使得本来无迹可循的东西变成了一种有规律的变化，但这种规律是残缺的，是可疑的。关于这种可疑，我们只要再读一读盲人摸象的故事就可以体悟。宇宙就是一头大象，无数个哲学家、科学家、逻辑学家有的摸到了耳朵，有的摸到了腿，有的摸到了象牙，有的摸到了肚子，他们的观察和思考都是对大象（宇宙）的一种坍塌式的理解，最后他们形成的知识体系自然也是残缺的。

　　说到这里，我突然感觉到了悲哀，那就是，面对整个世界，人类其实是无能为力的。我们对它的每一点理解，本质上都是谬误。承认这一点是很伤人类自尊的一件事，但这是事实。我们翻开人类物理学史、思想史，看一看，哪一种理论从古至今没被否定过？一种理论一旦建立，就意味着它有取舍，因为世界太复杂，不取舍你就无法掌控它，无法解释它。就像我教的语文课本中所说的一样，就是一只苍蝇的复眼，人类要仿生研究它，也做不出一模一样的一只眼睛来，何况宇宙，每一点都是精微绝妙的。所以人类只能凭借有限的领悟力去解释世界，在解释的过程中一面是收获，一面是更多的丧失。

　　所以说，我们不必对现有的知识感到确信不疑，它们都只是对世界的有限观察，甚至是有误的观察。所以庄子老子一再强调要跳出去，要跳出人类理解中的有限的世界，要飞高一些，要飞远一些，要去寻找"天""道"这样的大宗师。

把大象放进冰箱

昨晚闲来无事，打开电视，看到一个地方台正在播赵本山、宋丹丹的小品《钟点工》，于是看了几分钟，笑到肚子痛。其中有一个段子，赵本山问："把大象放进冰箱总共分几步？"宋丹丹回答说："三步，第一步把冰箱门打开，第二步把大象放进去，第三步把冰箱门带上。"虽说这只是一个笑话，但笑完后我总觉得此段非同寻常不可放过，静下心仔细推敲一下，果然大有禅意。

赵本山如同禅宗中的求学者，向准备请教的高僧迎面抛出一个刁钻的问题。在这个问题中冰箱小，大象大，体积小的容器无论如何容纳不下体积大的物体，所以对它的解答人类通用的逻辑学知识完全失灵，以至人根本无法运用正常的思维。这是直接将其置于思维绝境，看他如何解答。

而宋丹丹则像参悟透了人生的高僧，早已不为凡庸逻辑所惑，一句"打开、放入、关上"，气定神闲，没有半点人间烟火气，巧妙地解决了赵本山看似轻巧实则陷阱重重的设难。她回答的逻辑早已不是凡俗的逻辑，暗合禅宗中"心行处灭言语道断"的玄机。言语道断，一切法是不生不灭的，这个真实的境界，不是言语能传的，不是逻辑心思能够推理出来的，你一想到逻辑你就错了，你一开口说逻辑你也错了，千万不要着了相，陷入体积逻辑而不能自拔。只有索性忘掉逻辑，才能明心见性。以言显义，得鱼而忘筌，得义而言绝，义即是空，空即是道，道即是绝言，故谓言语道断。

所以当我们要去思考冰箱与大象的体积大小时，这头大象就永远不能爬进面前的冰箱。如果大象暗喻人的精神，冰箱就是在暗喻人的思维，人的精神经常会因为人的思维的狭隘而束手无策。只有脱离狭隘的思维，精神才会大放光芒。

老酒

昨晚在日报社为单位校庆专版加班，遇上一位收老酒的小伙子。

日报社是个很神奇的地方，每次去那儿我都能碰上些很扯的事儿。比如，它那儿卖过瑞士表，卖过菊花茶，卖过土特产，前不久我家老爷子还在那儿买了一双双星鞋！这不，今儿个它又摆出了一大排老酒瓶来收老酒！

看见我盯着酒瓶一边打量一边故作沉吟的模样，收酒的小伙子心里明镜似的一笑，现场帮我扫盲。他叽里呱啦说了一大通，什么样的酒最适合保藏，特供酒是哪儿来的，老酒的瓶盖生锈了好不好，有标签的和没标签的酒价格差多少，哪些老酒要兑新酒喝，哪些老酒可以直接喝……一顿下来眉飞色舞两眼冒光滔滔不绝如数家珍，说得我五迷三道云中雾里，时而目瞪口呆，时而热血沸腾，时而点头如啄米。

趁这位话唠兄口干舌燥低头喝口水的工夫，我总算找着了个机会提出我的疑问："这老酒动不动几万块钱一瓶的，它喝起来味道跟新酒有什么区别呀？"小伙子眼睛一瞪："当然有区别，它贵呀！"我差点扑哧一笑，可转念一想，却又笑不出来了。为啥呢？这小伙子话糙理不糙，说出来人世间的真貌。

你想吧，老板们玩手机呢，员工们玩苹果6，他就要玩苹果7，员工们要玩苹果8，他就一定要玩到苹果X！钱不重要，性价比也从不考虑，那么多功能用不用得上也没关系，关键是得贵，得比别人拿在手上显得更有档次！要不，他老人家怎么来跟别人区分开呢？

　　这就是独一份心理！当一般人没有手机的时候，老板们就在互相比谁的手机贵。当街上收破烂的手里都捏着部手机的时候，老板们开始比谁的车子贵。等到车子遍布大街的时候，老板们开始比谁的直升飞机贵。大概过些年等直升飞机也普及的时候，老板们就会比谁的游艇贵。等到海面上游艇到处都是的时候，他们又开始比谁买的岛多。估计呢，等到海中的岛差不多也被买光的时候，他们会再比比谁最先离开地球搬家到外星球！总而言之，得时时刻刻甩出大把票子把别人压在下面，这才算有面子！

　　所以呢，99%的老酒并不是被品酒师喝了，而是被老板们喝了。他们懂什么味道？知道怎么品酒？再老的酒喝在他们的嘴里，也不过就跟猪八戒吃人参果一样，啥味道也没咂摸出来。但是没关系！重要的是，富人们有了炫富的机会！他可以在酒桌上豪气万丈地把桌子一拍：兄弟们，记住了！刚才喝进你们嘴的，可是老酒，一口500块！听听那口气！多自豪呀！那一瞬间的优越感满足劲儿，花多少钱也值了！

　　所以说，老酒老酒，老板之意不在酒也，在乎面子也！这中国人啊，一辈子都在面子中活着。无法可想，无法可想。

痛苦出诗人

卡夫卡说:"巴尔扎克的手杖上刻着:我要摧毁一切障碍。在我的手杖上则是:一切障碍在摧毁我。"这句话流露出卡夫卡面对现实世界深重的无力感。

在生活中卡夫卡从来不是强者。作为一家保险公司的普通职员,卡夫卡羞怯、内敛、懦弱,害怕与陌生人的交往,不擅长沟通,畏惧家庭、婚姻、异性,虽然在他的内心深处无时无刻不在幻想拥有波澜壮阔幸福得令人目眩的美丽生活,但虚弱的身体和羞怯的个性让他注定无法实现理想,并由此带来自卑和受挫感,备受煎熬。他只能徒劳地感叹道:"这种生活已经无法忍受,而另一种生活又求之不得。"

然而,痛苦出诗人,一切伟大的文学家无不是在现实生活中四处碰壁头破血流,最后在文学这片沃土中得到了心灵的安宁。在遭遇了理想与现实激烈的撕裂后,卡夫卡最终摒弃了对世俗幸福徒劳的追求,一头扎进虚幻的文学创作世界,用文字通往内心隐秘暗昧的世界,在那里他释放出了自己全部的精神压力和挫败的感觉,最终自我肯定,获得了存在的意义与价值。卡夫卡说:"在早晨和晚上,我的文学创作的冲动是一望无际的,我感到自己完全放松了,直到我身心的最底层,只要我愿意,我可以表达一切!"

在卡夫卡这里,写作是对生命的补偿,是另外一种生存的方式。他不是在为人类而创作,也并无野心要永垂不朽,他只为自己而写,坦白自己的命运,描述自己的茫然,叙述自己的痛苦。写作是这样的个人化,充满了孤独的特质。

　　所以归根结底，伟大的作家在现实中大都是羞怯的不善于表达的，总是在不断退缩和撤退着的，写作最终成为他们最舒适的生活方式，书房是他们最中意的乐土。不信请看：现实生活中长袖善舞其乐陶陶者，谁去写作？由此可见，上帝还是公平的，他关上了你的一扇门，仍然会接着替你打开一扇窗。

人生得一知己足矣

1988年5月10日，沈从文心脏病猝发，走完了他86年的生命历程。在晚年，他已完全被学界边缘化，归入遗忘的那部分。以至他逝世后，大陆以外多家媒体都进行了大量的报道，但国内报纸一周以后才公布消息。作为现当代中国卓越的文学家、历史文物研究家，他受到的待遇远远低于他为中国文学界和学术界所做的贡献，这是极不公平的。

但晚年的从文洞彻世事，早已不以为意。临终前，家人问他还有什么要说。他只是淡淡地回答："我对这个世界没有什么好说的。"也许在他眼里，世界已经不值得再留恋，功名利禄都是云烟，唯一能够温暖他的，已只剩下亲情和友谊。

沈从文去世后，老友巴金是最悲痛者之一，他用极哀婉的笔触写下了对从文的怀念："没有一滴眼泪，悲痛都在我心里。那些充满信心的欢聚的日子，那些奋笔和辩论的日子都不会回来了。没有哭泣，没有呼唤，也没有噪声惊醒他，人们就这样平静地跟他告别，他就这样坦然地远去。"

在"我也在埋葬自己的一部分"这句话中，我感受到巴金物伤其类的悲恸，一切终将结束，在从文的身上，巴金看到了自己未来的影子。

沈从文与巴金的交情长达半个世纪。他们的第一次见面，是在上海。他们一见如故，沈从文邀请巴金到青岛去游玩，巴金欣然赴约，住进沈从文位于青岛大学的宿舍。沈从文回忆说："我用小方桌写《边城》，巴金在里屋写《雪》，我们俩各写各的，互不相看，我每个星期写一章，他每天写。"一见倾心，以文会友，君子之交，其乐也融融！

沈从文和张兆和在北京结婚时，巴金参加了他们的婚礼。沈从文寄给巴金的结婚请柬，巴金一直保留着，现在去巴金故居，在陈列柜中还能看到这张请柬，其对两人间友谊的珍视，可见一斑。

1985 年，巴金到北京参加"两会"，打算去沈从文家拜访。有人告诉他沈家那栋楼的电梯近来出了故障，总是时开时停，赶上电梯停用就只有爬 7 层楼梯才能到他家。81 岁的巴金坚决地说："没关系，我爬楼也要去看他！"

人生得一知己足矣，斯世当以同怀视之！

从文墓前

听涛山上的从文墓跟他的人一样朴素简单，不装饰，不雕刻，连凸起的坟土都没有，一块不规则的五色石随意立着，上面是从文一段手迹："照我思索，能理解'我'；照我思索，可认识人。"晚年的从文终于进入了也无风雨也无晴的物我两忘的境界，理解过了，认识透了，最后就全部放下了。

五色石背面刻着沈从文妻妹张充和先生撰写的挽联："不折不从，星斗其文；亦慈亦让，赤子其人。"其中蕴含"从文让人"之意，道尽他冲淡平和的性情。从文从来不争，过了这么多年往回看，著作等身，里面有爱，有家人，有故乡，有理想，他也实在是不用额外去争了。

远远的地方，国画大师黄永玉这样写道："一个士兵要不战死沙场，便是回到故乡。"从文一生在战斗，对象是坎坷的人生。他十四岁开始漂泊，读人生这本大书，十九岁开始写小说，裹着破棉絮饿着肚子流着鼻血在北京写小说，有时穷得连买邮票寄稿件的钱也没有。郁达夫请他吃了一顿葱炒牛肉，然后将找回的一块七毛五分钱连同围巾一起送给他，他抱着围巾哭了起来。这样的一个人，他不会懂得恨，不会有机心，心中只有爱，爱，爱！所以在他的笔下，翠翠一直在河边等待，萧萧喜欢花狗唱的那让人脸红心跳的歌，阿黑如同一头小鹿……从文说他只想造希腊小庙，基座是优美健康的人性，供奉的是爱。这是真的，读他的作品，我们的内心永远是温暖的。

不素隐，莫行怪

子曰："素隐行怪，后世有述焉，吾弗为之矣。君子遵道而行，半途而废，吾弗能已矣。君子依乎中庸，遁世不见知而不悔，唯圣者能之。"

一个人，若内心脆弱，不能自信，便总要寻求他信，想要用外人的崇拜来印证自己的价值。那么，怎样才能成功地引起别人的注意、认同、推崇？无外两个方法。

一是素隐，千方百计地找些怪诞的理论，抓住世人猎奇的心理，用奇谈怪论来吸引人。比如说前天美国才封锁中兴，昨天晚上就有人跳出来翻旧账，从联想前总工程师倪光南当年被扫地出门说起，然后断言假如他今日还在联想集团，则联想芯片一定已经独霸全球。我哑然失笑，这篇文章的思路也太搞了，你怎么能够确定一个人没做的事情假如让他一直做下去就一定会做成功？此种刻舟求剑的逻辑毫不可取。文章的抛出不过是为了迎合大家这几天对于中国芯片短板的心头之痛，博大家的眼球罢了。

二是行怪，就是整天神神道道的，做一些奇形怪状之事。东晋的刘伶嗜酒如命，喝酒喝到疯疯癫癫，常常坐着车抱着酒四处乱跑，找人一起喝酒。为了表明自己有献身美酒做天下第一酒鬼的决心，他专门派人扛一把铁锹跟着自己，说："如果我醉死了，不管我死在什么地方，就地把我埋了就可以。"除此之外，他还曾发出"我以天地为栋宇，屋室为裈衣，诸君何为入我裈中"的酒后豪言，把天下人都纳入了他的裤裆里。此等怪诞言行，想不四海扬名也难。

但孔子显然不欣赏这两种行为，他断然宣布：靠这些小伎俩成名，就算后世推崇备至，到底不成气候，我从来不做这样的事情。

那么孔子希望做什么事呢？他想要遵中庸之道而行，终生不废。因为当你能坚守中庸，内心便进入真正的平静，在一片清明中，你也就找到了自己，获得了自信。佛教云：诸恶莫作，众善奉行。这些都是外在的表现，内在的根本则是"自净其意"，当内心干净了，自然能行善避恶。

那么行中庸之道的结果如何？不一定能荣华富贵，也许你会默默无闻一辈子也不为人知晓。但这又有什么关系呢？人最终不是为他人而活，而是要寻求自身的价值和意义。当一个人能真正地放下外界，不多考虑他人的眼光，回到内心去探寻自己独特的理想和价值，就找回了自性，也就获得了大自在。

徐行

　　四川乐山大佛旁有摩崖石刻一方，是司马光的手迹，曰："登山有道，徐行则不蹶。"其言登山之道，亦蕴人生之理。

　　登山途远，岂能一蹴而就？徐行则疲劳不至，且力量源源不断，还能闲赏四周美景，何乐而不为？

　　当今社会，以竞争为乐，"快"已经成为时尚，我们在匆忙的生活与工作面前应接不暇，疲于奔命。说句笑话，快的不仅是工作，连好不容易出去玩一趟一路上用的都是快节奏。

　　大凡跟团旅行，总免不了被导游处处催促，急匆匆地从一个景点赶到另一个景点，结果是上车睡觉，下车拍照，回到家啥都不知道。

　　其实要那么赶时间干什么？多玩一个景点少玩一个景点又有什么关系？慢一点，不管走到哪儿，看见感兴趣的，就驻足多观赏一番。不管吃在哪儿，城里大酒店，乡野小饭桌，得缓缓地吃出其中的真滋味来，不要风卷残云。不管住在哪儿，推窗见山，伸手抚云，闭上眼睛呼吸山中清新的空气，不要急匆匆地赶着上床睡觉——哪怕导游要求第二天早上六点出发！

　　这个世界上有好多事，本就不是一天两天能够完成的，慢，不是错，而是明白欲速则不达。

　　人生如茶，慢饮才有真香。人生如酒，缓酌才觉甘醇。欲速则不达，徐行则不蹶。

平常事亦是大境界

"君子之道费而隐。夫妇之愚，可以与知焉，及其至也，虽圣人亦有所不知焉。夫妇之不肖，可以能行焉，及其至也，虽圣人亦有所不能焉。天地之大也，人犹有所憾。故君子语大，天下莫能载焉；语小，天下莫能破焉。《诗》云：'鸢飞戾天，鱼跃于渊。'言其上下察也。君子之道，造端乎夫妇，及其至也，察乎天地。"

大道之行，一化而为万，万化而为兆，亿兆如牛毛，此间之繁复广大细微，便是费而隐。你看那匡庐之山，绵延纵横数百里，高峰入云几千米，望去一片郁郁葱葱，气势雄浑，谁能数得清山上有多少根树木？多少棵小草？

同理而言，中庸大道，博大精深，不可捉摸，又无处不在。其无形亦有形，外化为仁义礼智信，条条都够君子一生笃行之，一生去体会。《弘一大师年表》中记载："九月初一日，书'悲欣交集'四字，与侍者妙莲，是为最后之绝笔。"关于悲欣交集四个字，我个人的理解是：弘一大师开心的是自己一生有所悟，悲伤的是到底最后挂一漏万，吾生也有涯，而知也无涯。这便是智慧越高，越感觉自己的不足。

所以我们能够做到的是即刻开始行动，先做起来，我们不一定能修成善果，但我们至少开始了修行，至少有一颗向善的心。行动的价值在于过程，至于结果，虽圣人亦有所不知也！这不是我们某一个人的悲哀，这是人类自身的局限性，不妨看开。

为什么说人类有其局限性呢？因为我们的知识系统是我们自己创造出来的，虽然它历经了几千年，不断在丰富，不断在拓展，但跟宇宙之大道相比，依然是浅薄的残缺的。真正的大道，超越了我们的知识体系，在我们的理解之外，它大，大到天地都装载不了；它小，小到用实验室的手段都无法细分，此之谓"天下莫能载焉，天下莫能破焉"。

但是大道又并非离我们太远，它就在我们的身边，万物都有它的影子，都是它的代言人。所以我们要在事上下功夫，理解大道不靠死读书，而在于做好自己的本职工作，过好自己的日子，在工作的考验中在生命的历程中磨砺自己启发自己提升自己，增长见识增长眼界增长智慧，最终于大道之上有所体悟，此之谓"造端乎夫妇，及其至也，察乎天地"。是故我们在平时的工作中不要怕辛苦，不要怕棘手，不要畏首畏尾，不要觉得高不可攀，有时做好一件难事，胜读百本大书。

这样的生意经可休矣

作为旅游名城，九江拥有两个内湖甘棠湖和南门湖，它们如同九江城的双眸，柔情似水，美目盼兮，给这座古城增添了数不尽的旖旎风情。

若论九江文化，首推水之特色。甘棠湖和南门湖这对双子湖泊增加了九江的内在气质和文化底蕴。周瑜曾在此演练水师，白居易曾建亭于湖心，李渤曾跨湖筑堤……曾有游子作歌曰：归去，归去看你，将我的火烫的热情予你无尽的思念倾泻。贴近你苍凉的胸膛，溶化你冰冷的怀中，从此后啊，山长水阔有了魂归的故乡，朝云暮雨的旅途不再寂寞，相思的闲愁不再上下……这歌声是何等缠绵深情，这胜景是何等刻骨铭心！

可谁能想到，近来两湖边上，一场紧贴着九江这张城市名片的财富局正悄然布下，缓缓铺开。沿湖而设的四百张休闲座椅，成为某些人非法敛财的工具，上面张贴的广告与周围的景色极不协调，大煞风景，如同一张张牛皮癣，让走湖的居民皱起眉头，让慕名而来的游客连连摇头，严重降低了九江这座历史文化名城的文化品位。在九江全力打造"山水名城"的今天，这些与两湖景色极不协调的广告的出现，令人愤怒和失望。

这场闹剧的始作俑者，是一个张姓人士。2015年3月，他在九江甘棠湖和南门湖畔建起了一圈休闲长椅，其靠背正反两面贴有公益广告"请爱护我们共同的家园"字样。据说这位张先生是老九江人，在外多年打拼很有成就，为了方便家乡父老游湖疲劳时可以有个歇息之处，特意自费80万元安装了这些椅子，一时间媒体长篇报道，市民交口称赞，爱心椅成为一段佳话。没承想一年不到，这段佳话说变就变，一下子充满了铜臭气。

先是这些休闲椅被"爱心人士"张先生装上了印有某啤酒广告的绿色遮阳伞。没过多久，原本椅背上以烟水亭鸟瞰图为背景的公益广告就又变成了一家私立医院"看胃病，治痔疮"的医疗广告。说好的公益休闲椅一下子竟沦为收益丰厚的商业广告平台！

近日有记者就此事是否合规合法展开了调查。该记者先后来到市执法局、园林局、工商局查询此事的来龙去脉。执法局工作人员告知这些休闲座椅申请了刊登广告的用途，但一开始刊登的都是有关城市形象和环境保护的公益广告，现在，这个椅子的主管部门是园林局。园林局相关部门负责人告知这些椅子都是由个人捐赠的，因为执法局那边已经登记备案，可以刊登广告，至于广告内容，属于工商部门监管。工商局广告科工作人员则告知这样的医疗广告在湖边美观不美观并不属于他们的监管范围。

于是我们看到在两湖边上数百张休闲座椅出现商业广告影响城市景观这件事上出现了多个部门相互推诿监管责任的现象。我们想知道，在这样的推诿中，最后会由谁出面来协调解决此事？公益事业沦为私人牟利的工具，这样显而易见的事情，相关部门能否解释一通后就置身事外？这些商业广告的出现是否合法合规？即使合法合规，在风景点出现这样的广告是否妥当？这与九江提出"打造山水名城"的战略部署，彰显大山大水大九江的特质，要拓展空间、完善功能、提升形象、打造九江品位的战略是否合拍？

同时我们想敬告那些打着造福家乡的幌子暗地里却做着敛财

勾当的人：发财致富作为你们的人生追求无可厚非，但请千万不要以破坏家乡的纯美风景为代价来满足一己私欲！

法治意识和个人档案

昨晚八点至沙河庐山站接厦门大学黄智博士一行，途中相谈甚欢。

讲到雄安新区，黄智感慨曰：古城宜保护不宜涸泽而渔。早在中华人民共和国成立时梁思成就提出了不要建都北京，看看后来因为发展拆了多少古建筑！现在政府才明白过来！

由北京的话题转到青岛时，不免又议了一番当年德国在山东建造的下水道工程，一百年后图纸还在，备用的零件还在。黄智说：德国工业在当今世界享有盛名，绝非偶然，在德国，一份重要材料，政府规定需印七份分别存档，这就是严谨。

自然而然地，我们沿着严谨这个话题深入地聊了下去，黄智讲到了他当年在德国留学时发生的一件小事。那时候他刚到德国没几个月，去当地政府办理一张证件，结果没一会儿，负责的官员拿出来一大叠有关他的材料，这时候他才发现自己很多时候随意填的表格做的事情都已经被当局保存了下来。"德国人做事就是这么仔细，"黄智说，"一想到自己做任何一件事情都可能被当局记录在案，谁敢再去做违法的事？实在是太冒险太不值得了。"

送完黄智博士后，回到家打开微信，我发现网上《人民的名义》55集送审版居然已经出现了。此时花了高价买下版权的湖南电视台仅仅播放到四十集，估计湖南电视台的高层已经哭晕在台里。

我想，这就是法治与人治的区别。在一个法治还不健全，掺杂了太多人治因素的社会里，违法犯罪的成本太低，执法者的权力尺度太大，所以贪赃枉法者必然众多。他们大胆地违法，获得利益之后再千方百计地逃罪，世风日下也就不足为奇了。

所以要匡扶人心，重塑道德，依靠的，不能仅仅是教化，同时应多参考德国式的严谨的个人档案保存意识，知道污点是要跟自己一辈子的，公民也就不敢轻易地去犯法了。

何来对与错

《环球时报》今日刊登一则消息：因违反伊斯兰教法，印尼亚齐省 18 人 1 日公开被鞭刑。这 18 个人受刑的原因不同，其中有 6 人因为饮酒，3 人因私自约会。

读完后第一个感受是：不可思议。这些受刑者所犯过错在其他国家的国民看来并非重罪，人的成长是一个复杂的过程，其中难免有时候会走一些弯路，不宜过度处罚，而应以宽容的态度去处理问题。特别是青少年，在性格逆反期这一阶段总会有很多的愤怒、不满，对自己，对家人，对他人，他们总是处于一种捣蛋、冲动、破坏的状态，一心想要去改变，去标新，去独立，时常干出些叫人啼笑皆非的事情。这就是成长的代价。人的一生，必定有一些时段是倒退的，错误的，虚度的，然后才会在醒悟中前进完善自己。从来就不出一点错，像是被设置了电脑程序一样的完美人生谁见过？就是托尔斯泰年轻时也是荒唐呢，就是梁启超也是个老赌鬼呢。由此看来，亚齐省的处罚未免太过于苛刻。

我的第一个感受是现实层面的考量。而第二个感受就关乎形而上了。人类的道德规范，其实都是心造，约定俗成的东西。所以十里不同风，百里不同俗，国家内部尚且如此，国与国之间差别就更大了。道德礼仪没有绝对的正确与错误，在这个国家是正确的，到另一个国家就是犯罪。在这个时间段是可以宽容的，到另一个时间段就罪不可恕。比如说在海滩上穿着比基尼戏水，在欧美是常态，换成了穆斯林就是伤风败俗。比如中国 20 世纪 80 年代的严打，放在平时是小罪，碰到了风头上没准就是死刑。所以佛教很聪明，常常说：不可说，不可说。为什么不可说？因为只要一说，就绝对化。而世上的一切，最不能信的，就是绝对化。天地间的善与恶，摆在一万年的背景上来看，当时深信不疑的正确，如今大多都变得可疑起来。不信你翻翻历史书，是不是这样？

特朗普的眼界

特朗普宣布美国正式退出《巴黎协定》，举世哗然，非议汹汹。

其实不奇怪，特朗普的眼界和格局，就是一个大公司老板的境界。他骨子里只是个纯粹的商人，除了利润外，道义和责任皆可不计。商人治国，就是这样的风格。

鹏鸟迁徙到南方的大海，翅膀拍击水面激起三千里的波涛，海面上急骤的狂风盘旋而上直冲九万里高空。寒蝉与小灰雀却讥笑鲲鹏说："我从地面急速起飞，碰着榆树和檀树的树枝，常常飞不到而落在地上，为什么要到九万里的高空而向南飞呢？"

特朗普就是这样一只灰雀。他固执地认为气候变暖是一个骗局，应对气候变化的举措严重损害了美国经济，增加了美国企业的负担。在特朗普看来，《巴黎协定》无疑是其经济振兴政策的拦路虎。特朗普在退出《巴黎协定》中强调，为了将美国的经济增速提升至3%～4%，美国需要一切形式的能源。从这一点来看，特朗普其实应该做一位商务部长或能源部长，他狭窄的格局和视野屏蔽了美国一贯标榜的精神——博爱、平等、责任，从这一点来说，他注定将是美国的罪人，美国文化的掘墓者。

境界决定一切。

有一种菌类，它只能活一个早晨。这样的菌类是不会懂得什么是一个月的。蝉只能活在夏季，它也不会懂得什么是一年四季。楚国南边有叫冥灵的大龟，它把五百年当作春，把五百年当作秋，它就知道岁月的悠长。上古有叫大椿的古树，它把八千年当作春，把八千年当作秋，它才明白人世的沧桑。现在的特朗普，很像菌类一枚。

美国的大国形象的基础是多边主义，是共赢共生。而现在的特朗普过于追求"美国优先"，注定将损害美国的全球领导地位。一个大国总统，只算经济账而不算政治账，实在是笑话。

退为进

今早再阅宜春市中考语文模拟试题，其中引用了唐代布袋和尚的一首插秧歌，甚有意味。

布袋和尚出身贫寒，惯做农活，于是在插秧这项农业工作中悟出了禅意，可见生活本身即是修禅，得道原本无须左寻右觅。

明代王阳明就曾说过：人须在事上磨，方能立得住；方能静亦定、动亦定。所以人世间的真理，不需要空想去求获，每个人都要重视自己的职业，用心去做事，在工作中磨自己的心性，磨自己的智慧，磨对宇宙人生的感悟，愈磨愈深，愈磨愈尖，自然知行合一，无往而不利。

所以你看王阳明，虽然是个书生，但是因为有了智慧需在事上磨的见解，工作起来毫不含糊。他一生打过三次仗。第一次江西、福建、广东、湖南交界地区流民骚动，王阳明在两年多时间里，指挥官兵全部平息。第二次南昌宁王朱宸濠武装叛乱，王阳明当机立断，组织地方武装，仅35天就活捉了宁王朱宸濠。第三次广西思恩、田州壮族土官卢苏、王受反叛朝廷，王阳明以"都察院左都御使"总督两广及江西、湖广军务，率兵征讨，剿抚兼施，平定了思、田之乱。

而这布袋和尚，在插秧中悟出了不少道理。你看人在这世间生活做事，一桩一桩做下来，可不就像这低头插秧？一根一根插下去，每插一根都是功劳，都是造业。做到一定时候抬起身子叉腰一望，人生之田早已绿意葱茏，一派生机。所以说千里之行始于足下，未来人生不晓得能有多大的成就，休去想它，先从眼前的事做起，自有善缘。

　　但是光做事还不行，人又不是驴子，拿块黑布把眼睛一蒙，它就可以在磨盘旁边转上一夜。人除了无休止地工作，还应该学会思考，想一想人生的意义和价值，想一想诗和远方，想一想宇宙，这便是诗里所说的"低头便见水中天"，布袋和尚从自己的心田中的灵性活水中，看见了天，看见了宇宙的真理，这一刻，他的心就是宇宙，宇宙便是他的心，天人合一，大道在胸。当年曹操歌咏沧海的时候，说"日月之行，若出其中；星汉灿烂，若出其里"，表达的也是这层意思。我给学生讲课的时候，常常让他们体会这种天人合一的快乐与兴奋，如果这些都不能理解，这首诗歌我们教什么？

　　至于"心境清净方为道"一句，讲的是禅意，但跟宋明理学如出一辙。我们看待这个世界，全凭自己的一颗慧心，所以你只有保持足够的清净，才可以洞悉世界的真相。因此我们要努力做到正心诚意，方能在生活的迷雾中寻找到一条康庄大道。这条大道不一定非得向前，有时候后退或者曲折前进，反而会给你带来更多的收获。所以生命无须强求，一切随缘，上天给你关上一扇窗，又会在另一处给你打开一扇门。

无问西东

顾城在诗作《一代人》中曾写过这样一句妙词："黑夜给了我黑色的眼睛，我却用它寻找光明"，深具哲思。海日生残夜，江春入旧年，大凡卓然之物人，常生于穷窘之境地，而后奋发有为，化腐朽为神奇。

孔子作为中华万世之师尊，《史记》记载道："叔梁纥与颜氏女野合而生孔子。"

李苦禅成名之前，求学时因囊中羞涩，住不起旅馆，只得在北京一所破旧的寺庙栖身，经常吃了上顿没有下顿，以替人拉洋车为生。

范仲淹醴泉寺读书三年，划粥断齑，每天早上在凝固的粥块上面划一个十字，早晨吃两块，傍晚吃两块。

三位大师的人生中都曾遭遇了漫长的黑夜，而后迎来了辉煌的光明。而在中国近代，也曾遭遇过一段黑夜。

庚子年八国联军占领北京紫禁城，1901 年 9 月，中国被迫签《辛丑条约》，拿出 4 亿 5000 万两白银赔偿各国，分 39 年还清。这笔钱史称"庚子赔款"。

1909 年起，美国将所摊浮溢部分本利退回，充作留美学习基金，到 1924 年 6 月退回余款本利 1250 余万美元，作为中国教育文化基金。1911 年初，利用庚款专门为培养赴美留学生的清华留美预备学校正式成立。在清亡以后继续利用庚子赔款选拔留学生。这就是清华大学的由来。

而今日之清华，已是中国乃至亚洲最著名的高等学府之一，在长达百年的办学历史中，走出了 2 位共和国主席、7 位中央政治局常委、14名"两弹一星"获得者、600余名院士，真可算是诞生于黑夜，辉煌以光明！

所以说清华之前世今生，正可见"黑夜给了我黑色的眼睛，我去用它寻找光明"之精义。

卡塔尔的危机

6月5日，中国高考前夕，卡塔尔也迎来了一场形势严峻的政治考试。沙特、埃及、巴林、阿联酋、也门、马尔代夫、利比亚东部政权和毛里求斯八国宣布与其"断交"，理由是卡塔尔过去多年公开或秘密干涉沙特及海湾合作委员会（GCC）其他成员国内政，支持穆斯林兄弟会、"基地"组织和其他极端组织、恐怖主义团体。

卡塔尔举国愤然，但陆路命脉全部被切断，民生商业一下陷入困境，目前除了求助俄罗斯、伊朗、土耳其、阿曼外，别无他法。当然，美国也是其最初求助对象之一，但是特朗普大嘴巴已宣布其在访问沙特期间，参与了这一事件的策划，所以卡塔尔清楚了，再去求美国无异于与虎谋皮。

归根结底，沙特八国与卡塔尔及背后的伊朗、土耳其之争，是阿拉伯世界逊尼派和什叶派的教义之争。千年来因为教义不同，阿拉伯世界从未风平浪静过，旷日持久的两伊战争即是例子。

而美国特朗普打得一手好算盘，其实不过是二桃杀三士的翻版。让阿拉伯世界相互争斗，美国的势力就能进一步渗透进去，政治上获得认同，增强了影响力，经济上还可以利用纷争双方的忌惮心理，乘机多卖一些军火。

什叶派和逊尼派都利用教义建立了各自的相对价值世界，并且虔诚地把它作为绝对价值来供奉，不允许有一点点受到否定。

但其实，所有的信仰根子里都是相对的，放在几千年的大历史中去看它都是有缺陷的，是会不断修正的。假如再放远一些，放到几万年后去看，许多信仰一定会灰飞烟灭，不值一提。但是很少有人肯这么去想，他们把一个相对的东西视为绝对的东西，倾力守护，于是战争便常常兴起。

《庄子·逍遥游》中寒蝉与小灰雀讥笑鲲鹏说："我从地面急速起飞，碰着榆树和檀树的树枝，常常飞不到而落在地上，为什么要到九万里的高空而向南飞呢？"

寒蝉与小灰雀的世界，就是一个相对价值世界，它们拥有自己狭隘但同时又坚定的人生观，它们的观念世界虽然狭小，但却是稳固的，足以支撑平庸的生活，还颇能自得其乐。但鲲鹏不一样。

鲲鹏迁徙到南方的大海，翅膀拍击水面激起三千里的波涛，海面上急骤的狂风盘旋而上直冲九万里高空。在那里，它看见了不一样的世界，那是一个彻底摆脱了平庸、狭隘、相对的价值世界，是一个更广漠、博大、浩渺的大境界。

在那里向下看，人生百态，都像海市蜃楼，光怪陆离，让人目眩神迷，你方唱罢我登场，个个煞有介事，到头来如同五色的肥皂泡，啪的一声，一切归零。

我突然想，在阿拉伯国家联盟总部开会时，有一个人去给那些首脑们讲一讲《逍遥游》，不知他们会不会有些许新的领悟？

有伎俩

有伎俩又称为有法子，譬如说程咬金的三板斧，就是伎俩，属于独门绝技，学会了就可以笑傲江湖。

今日正值"一带一路"高端峰会，世界一片祥和，朝鲜却偏要再向虎山行，趁大伙一个不注意，又放了一个大炮仗，这回据说是发射成功，导弹射程达到450公里。

朝鲜为什么敢冒天下之大不韪搞出这个导弹呢？无非是想有个伎俩罢了。

但伎俩这个东西，其实是不可靠的。

《六祖坛经》曾说，卧轮禅师偈曰："卧轮有伎俩，能断百思想。对境心不起，菩提日日长。"乍一听，这位卧轮禅师很有些伎俩。他能把自己对外界的百般念头都断掉，面对清风流水，他听不见风声，也看不见流水，于是心中只有自己，这就到了"灭念头，见自性"的境界了。

在朝鲜看来，甭管你美国军事武器有多先进，经济实力有多强，我统统看不见。我只专心练我的伎俩，铁了心实行先军政策，神功练成，天王老子也不怕。

由此看来金正恩是卧轮禅师不折不扣的粉丝。可是六祖慧能听了就不乐意了。他反对说："此偈未明心地，若依而行之，是加系缚。"因示一偈曰："慧能没伎俩，不断百思想。对境心数起，菩提作么长！"

也对。要什么伎俩呢？又为什么要断百思想呢？管它外界怎样风生水起，我都看得见听得见，只是不取不舍，心中没有一丝波澜。这都亏了有一颗菩提心。但菩提心就是菩提心，用不着修炼，也不会增长。

　　这是在教金正恩以不变应万变，不要外界一点风吹草动，你就暴跳如雷。要学会冷静，管它什么演习，什么萨德，你有 1 万门大炮，对方投鼠忌器，总归是不敢打的。你东放一个炮仗，西放一个炮仗，一点威力也没有，反倒落下口实，给别人挑事的机会，实在是得不偿失。

我之萨德观

萨德抢在总统选举结果出来前加紧部署，正暴露了美国的心虚。因为特朗普相信，韩国新总统当选，只需要用一般的智商重新估量萨德系统，就会明白，自己又被美国愚弄了一回。

原因很简单，因为萨德可以防导弹，但是防不了火炮。朝鲜火炮的射程已经可以达到两百公里，这是一个惊人的数字，也就是说，韩国的中部地区都在其射程之内，包括首都首尔。如果真开战，朝鲜几千门火炮齐发，首尔一片火海，死伤无数，萨德能起什么作用？

韩国新总统真的相信美国可以一举摧毁朝鲜几千门火炮？如果不可能，那就是美国在拿韩国的人民的生命做筹码。

说白了，项庄舞剑，意在沛公。美国的萨德系统是为中国准备的。中国外交部发言人昨天已经明确表示，一旦韩美进行萨德系统部署，中方将保留进一步采取措施的权利。

我想如果金正恩与中国的关系良好，一切都好办，可惜金正恩野心太大，所以这几年与中国的关系太僵，于是现在形成了一个困局。

美国正是看透了这一点，所以开始了一场军事讹诈。我的观点是：战打不打得起来，不取决于韩美的军事力量有多强大，而是取决于中朝的关系能否正常化，或者朝美关系能否有突破。

且让我们拭目以待。

杂感五十五章

（一）

此处有黄菊争放，修竹丛立，绿植密布，游鱼悠悠。水管兮滴滴答答若细泉潺潺，假山乎重重叠叠如峻山万仞。都市红尘之中，实验高楼之内，四面水泥之间，韵意尚存。心一动而身归大野，神一清而满目生机！

（二）

这位校工师傅很有趣，立在风中扫黄叶，划一下，又一下，动作舒缓自如，宛如舞太极剑。一地黄叶才聚成一团，风一吹，又翻卷着四下散开了。师傅毫无怨色，接着再扫一遍。他扫的是心情，不是落叶！

（三）

晨起窗外天阴，秋意渐浓。望之欲雨，仍期一游。行前书古贤七言四句：万寿寺前秋色好，我来已负菊花期。当年记得从游处，一簇圆黄出短篱。

（四）

清晨的墨尔本雅拉河上有划木舟悠悠而过，留下长长的波纹，慢慢一圈圈荡开，四周白鸥纷飞，流云缓缓。

（五）

墨尔本战争纪念馆前，一群老兵在举行纪念仪式。绿草蓝天白云和平安宁的生活来之不易，唯有他们有最深的体会。军国主义者，要么嗜血丧失人性；要么没见过战争的残忍，形同儿戏。亲身经历过，当不会想第二次。

（六）

此地以石胜，以水美，以崖刻壮。巨峰夹道，野芳沁脾，古木无言，水流清心。果然是太古遗音，天生佳境。

（七）

买花时花鸟市场的那位大叔说："花是有生命的，要用心照料。养死了又来买的，买回去又养死的，还是别买了吧。我宁愿不赚他的钱。"他是我遇到过的最有悲悯情怀的一位生意人了。三年过去了，他的小店不知还在否，不知还能不能碰到他，还有没有机会一起坐下来聊聊花。但只要这些海棠、茉莉、文竹、君子兰、吊兰年年都在我窗台红着绿着繁衍着壮大着，他的话便常常回响在我的耳畔。

（八）

古人沉迷的是景，我们流连的是景点，一字之差，境界乃有天壤之别。沧海的红日，潇湘的淫雨，洞庭的满月，峨眉的飘雪，匡庐之飞流，赤城之红霞，彭蠡之轻烟，巫峡之奇云，哪一处是景点？哪一处不是风景？自然而生，有缘乃睹，一见望峰息心，再看窥谷忘返。

（九）

去年有一日兴之所致，下午驱车深入观音桥外栖贤古寺。甫一下车，殿内忽有声若洪钟，疾似雨点，原来恰逢僧人晚课。偌大一座寺庙，一个人在里面咿呀咿呀唱，一个人在外面闭眼倾耳听，这一刻，栖贤最美的景就是这念佛之音，哪管什么古木参天，九曲清流，五大丛林，千年古寺？

（十）

聂鲁达说："当华美的落叶落尽，生命的脉络才历历可见。"《钢的琴》恰是一部挽歌，向曾经的家告别，向渐远的爱告别，向倾入了自己全部青春和记忆的老工业区生活告别。你有过孑然一身一无所有独怆然而涕下的时候吗？我们总是在一边努力，一边痛哭着失去，这就是生活。

（十一）

雨一直下！大雨的深夜，有人凝思，有人听歌，有人怀想，有人感慨……这是上帝在我们凡庸的生活中搜入的一节神奇，让我们在倦怠的惯性中抽身而出，感受刹那的诗情时刻。

（十二）

昨日在办公室偶与退休多年的袁玉鸿老师见面，她笑眯眯地与我寒暄：白白胖胖的周凌！我咧嘴大笑，这大概是我近来听到的最真实的恭维了！无独有偶，上届学生中有见过我十年前旧照的，私下评价说：岁月是把杀猪刀。把两句话并在一起，我真切地感觉到时光的凌厉了。

（十三）

文人负责说话，要敢说；政治家负责规距，要敢管。各有各的立场，各有各的尺度，这样的社会，才是健全的。如若文人都不敢说话了，世界多无趣？如若政客都没有尺度了，国家怎么管理？所以彼此共存，挺好。

（十四）

学问之道，思路迥别，则百千俱异，各有所悟。诸子主张，丘推仁政，墨重非攻，老庄无为，韩非尚法，各擅其长，各表其义，春秋中华，最为强盛！至仲舒独尊儒术一统天下之时，实为多元文化大祸之日，此后文化寡然无味，且多偏颇固执，不晓变通。此盖文化巨树地下之根多为断切，精神养分单一，焉求昔时生机？

（十五）

生活里的"爱"不像电视剧，可以上天入地，三生三世，可以缠绵悱恻，目眩神迷。生活里的"爱"很简单，有时候是一个动作，有时候是一个眼神，有时候是一个微笑，有时候是一道精致的菜肴，有时候是一件刚熨过的衣服，有时候是一束花，有时候是一件微不足道的礼物，但因为用了心，有了情，所以也就感动了人。

（十六）

和茶花怒放的热烈奔放不同，君子兰的花发缓慢而温柔，脸上的笑意一点点地涸开，以你几乎察觉不到的速度舒展开去，层层叠叠，一派淡黄浅橙的雅致模样。君子其幽，一生淡淡，红尘滚滚，喧嚣繁华，与它没有一点关系。它开得很慢，一个多星期了，也没开出几朵，但它绝不着急，慢点快点有什么要紧？它只管依着自己的节奏，让每一粒花骨朵默默地积攒着生机。

（十七）

那夜，淡月光，粉墙，青瓦，小轩窗，谁家的胡琴呀呀地响，墙角边植物在暗影里的一寸寸地摇摆。跟随流水的慢歌，月色的碎步，远处小贩依稀的叫卖声，我们边走着，边看人家屋里的种种摆设。一只黑色的猫悄无声息地爬过庙上，回望的眸里流转着碧莹莹的光。墙头支起的半高宫灯渐次亮起，沿着斑驳的青石小径走进小巷深处，走进历史的深处。

（十八）

路内不是我读过的最优秀的中文作家，但他笔下的路小路身上有种奇怪的特质，善良细腻体贴侠义与堕落迷茫自暴自弃，它让我着迷，并有一种奇特的认同。前几年我读这本书超过十遍，每读一次心都是酸的，它提示我生活要淡定，洒脱，随性，更重要的还有，懂得珍惜。前路茫茫路小路，世上再无于小奇。

（十九）

春雨淅淅，斗室祥静，书翻数页，世界安好。碌碌浮生，得半日闲为幸事，可缓起，可煮茗，可洗笔，可喂鱼，可观字，可浇花，无不可也，神归其位，悠悠有致。

（二十）

周敦颐其墓安于庐山北麓栗树岭下。陵园依山而建，最高处为墓，松柏护之，下阶后左右亭阁对立，雕栏斗拱，格局犹存，然所存碑石皆今人所补，雕工陋简，如稚童涂抹，不忍视之。余泫然有感，书数语曰：元公之墓，荒林深处。园门常闭，少有人至。凉雨阵阵，寂寞自吟。残春之花，满目凋零。乱世之中，苟且存身。儒墨不承，文化衰微。

（二十一）

十年"文革"，果一大师坚持食素，坚持驻寺，凭借从容喝下一碗吐满众人唾液的米粥，让造反派无地自容，惭面而退。其实，这样的唾面自干，对于得道高僧而言，又算得了什么？不要说食物，有什么吃什么，就是自己的生命，也不过是一个臭皮囊，说不要就能不要的。

（二十二）

王小波，我的偶像，多年的。今天看到了这张相片，研究了下他夫妻二人的穿着，从衣服款式，到颜色搭配，再到大小是否合身，全是乱七八糟的！这真是两个完全沉浸在精神世界而完全忽略物质生活的人。不争，不问，不执，纯粹，简单，随意，而心灵世界却那么浩渺，深沉，博大，敏感。

（二十三）

陶渊明最重要的思想在于一个"隐"字，他的世界在田园之中。八大山人最重要的特质就是不妥协，他是遗世独立的。黄庭坚则有一种无法摧垮的乐观精神，虽九死而不悔。

(二十四)

上海师大吴忠豪教授的讲座，虽慢条斯理，心平气和，但立论大胆，多有颠覆性见解，听得我一个劲出汗，背心都是湿的。他核心的观点是，语文要少分析，多积累，多读，多背词句篇。吴教授的观点我以为源自古人汉语学习，那是他的学术源头。就初中生作文而言，我以为这是至理，孩子们的词汇量太少太少，多是大白话，粗陋之极。

(二十五)

当身边的人做出奇怪的选择，我们哪怕觉得他错了，也一定不要替他们惋惜——因为在另一处看不见的地方，他们有了自己的收获。毕竟你只看见了你看见的，而他欢喜着他所欢喜的。

(二十六)

生命中有的遗憾，不是有意，而是无心。我们总在无心中匆匆前行，浑然不知脚下身边错过了多少风景，虚度了多少良辰，辜负了多少期待。等到万水千山之后，我们偶一回首，才发现一路上存在着那么多缺憾。那些真正在意你的人，亲人，爱人，知己，密友，他们是晓得的，但他们不说。因为他们那么地在乎着你，总感到不忍说，有时又觉得不必说，只是静静地在一边等待着你自己的觉悟。有时候能等到，但大多数时候却等不到。而他们仍坚持着，等到山高水远，等着梦醒花开。

（二十七）

出刘家小莲居，越古桥，踏青石，看渔翁驾小舟悠闲地哼着小曲，弯身以细绳系鱼鹰脖颈，鱼鹰百般抵抗，昂首，振翅，尖叫，亦可爱也。河边一家店里，主人不知哪里去了，却并不关门，似乎一点也不担心货物会被游客顺走。门前一只花猫慵懒于门前木槛之上，低首缩身，若小球。逗之，则兀然起身，跳跃如虎，四脚修长，攀爬于货物之间，矫健标致。

（二十八）

我爱好汉坡上的风景，不管是四季还是晨昏，不管是群游还是独行，好汉坡上草木泉石，配上清风白云，教人沉醉。眼前巨树耸立，翠竹摇曳，芳草鲜美，石径别致，所经之处移步换景，变幻莫测，常来常新，每一次都是尽兴而归。在我的心中，这里是真正的风景，我用自己的眼睛看，鼻子嗅，耳朵听，手去抚摸。我忘记了它的由来，也不在意它的过去，我感兴趣的只是这一刻，我让自己神游其中，每一片地方都令我心醉神迷，感觉美不胜收。

（二十九）

昨日又登好汉坡，于竹林窠处小歇，纵目远眺，发现了从未注意过的一道风景。在翠绿的竹林深处，高低的山岩之间，居然有一道白色的瀑布穿竹林而过，其声若野兽喉咙深处的隐约咆哮，其形若美人腰间系着的柔美飘带。

（三十）

五十岁还不老，但已经活得足够。多少人在他的生命中来了
又去，多少风景在他记忆的轻风中温柔摇曳，多少故事被他尘封
在心中最隐蔽的角落不再提起。生命归根结底是个人的，在夜深
人静的时候，他把往事翻出细细琢磨，依依话别，柔肠百结。这
样的感触他无法与人言说，即使说了也说不清楚。于是他把它写
成了诗。

（三十一）

悲凉之雾弥漫天地。这一辈子，要长脸呢！要过得快活呢！
要活出个名堂呢！于是我们哭着活，笑着活，为政斗活，为阴谋
活，尊严扫地万念俱灰地活，不可一世张狂恣情地活，沉默地
活，鲁莽地活，顺着情活，因着恨活，为别人活，为自己的一张
脸活，看懂了活，随波逐流活……活到活不下去了，活到不想活
了，活到够了，才发现：人在做，天在看呢。仁义不仁义，根在
心里呢。对不对，天知道呢。

（三十二）

贝蒂黛维斯一天一百根烟，我帮她算了，除掉睡觉吃饭的时
间，她平均十分钟抽一根烟。在 81 岁离世之前，荣誉无数。巴
菲特平均一天喝五瓶可乐，喝了几十年。90 岁的老人了，前两天
还在主持投资年会，高谈阔论，下面 4 万人聆听，如痴如醉。办
公室有几盆花，有的放在窗外，有的摆在桌前，不管是沐浴着阳
光，还是静处在阴影里，都枝繁叶茂，长得挺好。这就是随性的

魅力。它打败了科学。科学说吸烟有害健康，可乐有害健康，没有阳光无法光合作用，可是这些统统不是问题。最健康的生活状态就是任性，在任性中你身心都得到了最大的满足，还有什么比身心舒泰的人生状态更让人心满意足的呢？

（三十三）

卧轮禅师说："卧轮有伎俩，能断百思想。对境心不起，菩提日日长。"六祖慧能说："慧能没伎俩，不断百思想。对境心数起，菩提作么长？"睡前再读一遍，觉得慧能的境界果然高！甩了卧轮几十条街！卧轮是修炼，日日长，靠积累。而慧能，菩提作么长？他直达了！一步到了菩提本境了。卧轮有意识，不看这不看那，因为怕，怕受影响，这是不自信。慧能更坦然，该看看，该听听，了无牵挂，这才是潇洒！所以济公吃酒肉还是活佛，觉远杀了逆贼还是高僧！

（三十四）

此处风景甚佳，有茂林修竹飞瀑，古观悬桥石几，凿山以成洞，观建在洞中，香烟缭绕，绿萝满窗。一坐而身凉，再坐而心静。

（三十五）

在山上一间烟熏火燎的小屋中，我亲眼看着一袋当天采下的野茶叶被主人倒入铁锅，上下翻炒中，茶叶由青而黄，由黄而褐。满满一袋湿叶，出锅后不过半碗，然细嗅果有清香，亦多乐趣。

（三十六）

我们在生命中总会碰上很多次抉择，在何去何从这个问题上，必须掂量轻重。思想的天平上是功名利禄更重，还是尊严真理更重？这关乎到人生观——是在享乐中沉沦，还是在苦行中高尚。能正确做出抉择的人不多。所以在这个世界上，多的是凡夫，圣哲永远寥寥。

（三十七）

化成寺下，有茶园百亩，是日风和，茶枝微曳，远望如绿波轻漾，随意起伏。当地茶农数人，散落其间，着衣颜色各异，低头探手轻摘，满一掌则侧身置于包内，姿态轻盈，面含春风，工作若休闲踏青。余亦兴甚，弯腰其中，拣嫩叶而采，美其名曰帮忙，茶农嘴一咧，告余曰：湿叶二十元一斤。言下之意，以余之速度，半天帮不了五块钱的忙，也罢！余笑而采叶盈袋，主人慷慨不要，吾则携而归，下午回家加工一番，可得一旬之饮也。

（三十八）

孩子们需要真正的阅读，他们必须认识到中华民族最豪华绚丽的一面，是无与伦比的文化！他们不能只背一背四大文明古国，知道中国跻身其中，知道中国有四大发明，知道中国古代发生过那么多战役，改朝换代，就算完成了任务。不是这样子的。我们需要静下心来，一字一句地去啃一些东西。一天哪怕只读一首诗，几个句段，几十个词语，咀嚼，思考，体悟，运用，把古人对世界的理解，对命运的体悟，喜怒哀乐，悲欢离合，气度胸怀，一点一点地，融入我们的心中。我们的生命，因为读书，有了厚度，也有了广度。

当我们背靠博大精神的传统文化的时候，每天睁开眼睛，都会觉得这个世界是崭新的。

（三十九）

关于中国传统文化，我昨天曾对一位朋友说过：近来颇读古人书，字字都是夜明珠。中国的传统文化，在几千年前的春秋战国，就达到了顶峰。其雄浑壮健，巍峨深沉，通达智慧，异彩纷呈，直到今天，我们这一代的中国人，虽然科学技术发达，生活便利舒适，但在文化上，依然处在仰望数千年前的高峰的状态。

（四十）

万物皆是外物，自心却是真心。一切是非，出于寸心。寸心不乱，万千烦恼无痕迹；拈花一笑，万千因果如朝露。听大音，大音无声；看真相，真相无相。无喜无悲，无怒无嗔，智者空寂，明者无为。不在五行中，哪有什么五行？菩提树下悟，哪有什么菩提？无论是非事，哪有什么是非？点起清心香，哪有什么心要清？

（四十一）

时值大雨，卖花小伙蹲坐于一方矮凳之上，四周雨花飞溅，雨声哗啦，他却神色泰然，头都不抬，安静地读着手上的书。我弯腰看花，顺势一瞥——却是《浮生六记》。付完钱，我成了花的主人。没有还价，就按小伙子说的——一个能在大雨的街头安读《浮生六记》的人，值得信任。

（四十二）

看到同学为孩子编的红丝蛋笼，端午的味道一下沁了出来。古人的端午是这样的：女子清晨在兰汤里沐浴，带着若有若无的香气，披上柔若无物的丝袍。彩线轻缠玉臂，举手投足间说不尽的妩媚。鬓间斜插艾草，顾盼回眸中道不出的娇羞。男子端坐在庭院，用手中的药草，斟酌古老的配方，调出最浓醇的酒液。而后三五相聚，举杯交错，轻声淡语，言话桑麻，好不闲适。

（四十三）

有了恒定的爱好，生命得以静好。因为万川归一，因为一以贯之，因为生命有了积淀，有了压舱石。没有自我的修炼，人就轻浮了，不知道怎么打发时光，一个不小心，就津津乐道于张家长，李家短，把目光投向别人，说时眉飞色舞，说完一片茫然。所以我们看小说，看杂志，看电影，还不够，还要去看世界，看人，看真理。生活，就是一本大书，够你研究的。

（四十四）

你可以说，生命如同大路王庄园里的这些大红灯笼，高挂在前方的每一步，你昂首走着，看日子在眼前一盏盏亮起来。你亦可以说，生命如同湖滨小岛上的这些黄宫灯，高挂在前方的每一步，你静静走着，看岁月在身后一盏盏暗下去。最后你会明白，生命的意义全是心里的那一份态度。心含炙热，我们活着有了劲，有了激情，目标，远方。心守宁静，我们活着有了根，有了踏实，满足，泰然，永恒。

（四十五）

天高云淡，日和气清，秋之印记，遍布山间。野猕摇而果落，如下细雨，拢而观之，其状如桂圆，皮呈土黄，浑圆可喜，食之微酸而复觉甜也。花生洗净，散于地面，任秋阳晾之。随手取数枚，破壳取籽而食，内核犹湿，嚼之有甘味。山民于斜径前竖大锅一口，燃木足火，沸水翻腾，力煮手擀厚面，更兼案头辣椒千斩成酱，大匙取而撒入热汤，随汤咽之，其辛极劲，直冲六腑，眼不敢睁，汗自脑门出。放眼远望，有蓝花含羞，随风摇曳；板栗满地，皮薄肉厚。藤枝缠绵而拥，竹弯似弓待射。秋之美，不胜数也！

（四十六）

城西港外东湖，有村名生机林。村后湖沼纵横，水草丰茂，每至冬寒，辄有候鸟以万计栖居于此。予与同人游于此，见秋后之田亩，稻茬成列，低仅没踝，火烧至根，黑烬可见。有农家散养母鸡于田间，三五成群，或立或行，随意啄食。其啄者，残存谷粒耶？草间微虫耶？未可知也。然其羽黄黑相间，光泽亮丽，其身丰满结实，步行矫健，实非圈养之鸡可比也！余问主人，乃一老妪。闻吾欲买鸡，其徐曰："散养已久，其行奔极健，难捉也。欲购，可先留电话，至晚，众鸡归巢，方可捉之。尔明日可来取。"吾大笑。

（四十七）

王维笔下荆溪之冬，美而不枯，所倚者，沛然之气也！其气充塞于天地之间，至刚至大，于艰难险阻中愈见其强健雄浑，战寒风，挡霜剑，当仁不让，八面威风！是故人亦不可不养气积学，怀英伟豪杰之气，慨然有壮士之风，奋然行道于险世，不以利害改其志，进退有据，内丰盈而外有光辉，遇至大之事而不惊，至繁之事而不乱，至难之事而不忧，至乐之事而不荡也。

（四十八）

一曲音乐，一个人。一旦最初的乐师离去，这音乐的魂，就不在了。管你后人如何精细入微地翻唱，热情洋溢地弹奏，但是最细微处，那些指上的技巧，喉间的功夫，心中的领悟，就全不一样了——音乐在最隐晦处极细腻的精妙，永远不在了。但我们也不必为此伤感，因为人造的音乐虽然不在，但它的源头，那些大自然中的天籁之音，依然无所不在。你听，静静地听，它正在与日月寒暑呼应，与晦暗光明吞吐，与急风骤雨共鸣。那是天空之音，是圣之乐曲，是神秘的吟颂，是千万声的呼唤。我曾经在这呼唤声中登上韶石之山，置身舜峰之下，远望苍梧山是那般缥缈苍茫，九疑山又是何等连绵不绝起伏有致！我在这里饱览江山的伸缩腾挪，草木的俯伏仰挺，鸟兽的鸣唱呼号……

（四十九）

有时累了，就去陶渊明纪念馆看一会儿字。那一日贪看陶博吾的"洗墨池"三字，异态恣生，刻在一大块石头上，随物赋形，其大如斗。石之表面坑凹不平，其字亦由平面而转立体，错落有致，奇怪生焉。恍恍惚惚看久了，回过神时，周围已静寂无人，头顶一丛萧竹，两株蜡梅，在风中哗哗地响，一层落叶飘在米汤色的池水上，又被倒映的孤独的日光照得惨黄，缓缓染透枯老的神态。这时终于有一位老者闪出，手里拿一把扫帚，很惊讶地远远看着我，愣了几秒钟，然后打了个哈欠，开始低头扫自己的地。

（五十）

渊明馆内梨花白，桃花红，柳色花容正春风。天地之大德曰生。春来万物位育，中正悠然，人处其间，调和生机，变化气质，与宇宙共性，同日月之光明。观窗前之花草，体潭水之流波，虽沧海之一滴，亦世界之全体。于是乎万物入我怀中，合天地之精义，循宇宙之大道，面有春色，心含生机，举止皆如温风习习，斯之谓仁也！斯之谓仁也！

（五十一）

一个政治犯，造反被抓住，可是你杀也杀不死他，困也困不住他，每抓一次，他在老百姓的眼中就更加神奇一层，甚至他会恶作剧拿办案人员的亲人开开玩笑，怎么办？官员的办法简单：找个替死鬼。于是乎任务完成，上上下下都不苦恼了——虽然每个人都知道问题并没有解决。

（五十二）

花的纯洁在于，它只知道美。四月，清明，石门涧，山花开，一切美。

（五十三）

但见性明心，管它什么经书？什么佛祖？什么庙宇？我自全然抛却。不读书，不磕首，不敬香，学也学不来，装也装不像，见性不留佛，悟道不存师，一笑，抬头看那流云去。天天走个一万步，手机运动记录写的，我心里何曾牵挂步子？你走也是一日过去，不走也是一日过去。若把一日都忘掉，做个顽石只是不动又怎样？昨夜喝茶，茶便是茶，哪有什么第一泡第二泡？说什么口感分别？味道都不是味道，哪来的感？上次去石门涧，花落得正好，铺满一地，却没有一朵敢弯腰拾起。此时一瞬间的小路，纯通天宇万代，竟无一丝破绽。今天必是明日之昨天，昨天又是前日之明天，没有了二十四小时，心中全部是时间。索性连"时间"一词也忘去，便无了时空，此便是大解脱。

（五十四）

上午开车去八里湖教育局，看到了行道花。陆续下过几阵雨，丛丛开得润泽，饱满，生动。两边的道旁也是抑制不住地一片一片，无数朵在闹，却也不觉得喧哗，反而显得别样的静谧。摇下车窗，雨后的风夹清寒意，裹进车内，打着旋儿，徒劳地落下。车里安静得只剩下音乐的声音。云一层层覆盖过来，庐山已望不分明，越发显出奇秀。目力所及，夏绿多见，清幽如画。教育局楼下草丛中，有一朵黄花，一个人摇着，仿佛很寂寞的样子。

（五十五）

早晨下了一场小雨，空气很湿润，闭上眼睛可以闻到茉莉花般的幽香。池塘边的小路上还残留着水渍，像一面碎过的镜子，中间滑过了头顶飞鸟的迅捷身影。淡黄的阳光从天际径直奔来，从红色的铁皮屋顶上奔来，从池塘上的水面一点的精光中奔来，照亮铁栏杆上、阳台前、青石台阶两边的这些花卉，照亮这一片无规则散落的荷叶。好像并没有商量，又好像是前世早有盟约，一声呼哨，屋前屋后的花儿全部开了。其实这是你的疏忽，你不关注身边的自然太久了，这些花儿次第而发，它们每一朵最初绽开的那一刻都是独一无二的荣耀，可惜当时都没有进入你的视野。但是好在一切都还并不晚，在今天，这个雨后的早上，花和叶成为我们满足的根源。人世间的一切美好都是不应当辜负的。人们经过公园，走过池塘，总要驻足看一看那些幽静的荷叶，羞涩的花，然后带着一身的清香回家。在今夜的梦里会有无限延伸的田野和漂着落花的清溪，犹如音乐般起伏的山径。